Maximilians Schlaf

éditions phi 382
1. Auflage Mai 2003
Titelbild: Bradley Owen
© éditions phi, Postfach 321,
L-4004 Esch/Alzette, Luxemburg
Satz: Francis Van Maele
Druck: Polyprint, Esch/Alzette

ISBN 2-87962-166-6

Dieses Buch wurde mit der Unterstützung
des Nationalen Kulturfonds veröffentlicht.

Linda Graf

Maximilians Schlaf

Roman

Éditions Phi

Für Nicole und Bradley

ERSTER TEIL

*Der Schlaf ist die Nabelschnur, durch die das Individuum
mit dem Weltall zusammenhängt.*

Friedrich Hebbel

Mein Mann hat einen tiefen Schlaf. Das ist notwendig, für ihn, für mich, doch es war nicht immer so. Für mich wurde sein tiefer Schlaf erst in den letzten Jahren zur Notwendigkeit. Max' Schlaf kenne ich, wie ich mein Gesicht im Spiegel kenne, wie den Riß auf der Zimmerdecke, gleich über meinem Kopf.

Mein Mann heißt Maximilian. So steht es in seiner Geburtsurkunde und in seinem Paß. Schön so ein langer Name, wichtig, so als wäre er Teil eines verästelten, kräftigen Stammbaums, als verbringe er die Feiertage im Schoße einer kinderreichen Familie. Doch im Heim nannte man das Kind mit dem Wirbel am Haaransatz Max. Ich lernte Max kennen, als ich vierzehn war. Meine Brüste hatten die Größe von Stecknadelpölsterchen, auf die pralle Brust meiner Freundin warf ich flüchtige Seitenblicke.

Max fand mich unterhaltsamer als Chantal. Mit seinem Moped fuhr er im Schrittempo hinter mir her, Tag für Tag, Woche für Woche. Wir redeten nicht miteinander, nur das Moped gab puffende Töne von sich. Ich ignorierte den jungen Mann mit dem dichten rabenschwarzen Haarschopf, doch der Wind trieb mir seinen Geruch in die Nase. Motoröl und Leder. Im Regen roch seine Lederjacke stärker.

Man lachte über uns im Dorf, denn nach vier Wochen fuhr Max neben mir her und stützte die Füße auf dem Boden auf, wenn ich stehenblieb. Wir redeten immer noch nicht und ich sah ihn nur an, wenn er an seinem Motorrad hantierte und dabei leise fluchte. Gierig sog ich die Eindrücke auf, die winzigen Haare in seinem rasierten Nacken, das Gebälk seines Unterkiefers aus der Seitenansicht, die starken Hände.

Alle im Dorf wußten, daß Max der Junge aus dem Heim war, doch so nett, so hilfsbereit. Jeder mochte ihn, er stopfte damals schon die Löcher der Bedürftigen mit Eifer, guter Laune und Redelust. In einem Dorf kommt das gut an. Solche Leute braucht die Feuerwehr, der örtliche Kegelverein und der Gemeinderat.

Wir leben nun in einem anderen Dorf, doch Dörfer sind überall gleich.

Für Max war ich von Anfang an einsame Spitze. Einsame Spitze ist gut. Ich bin Maximilians Ehefrau, Maximilians Geliebte, Maximilians Pfeiler.

Maximilians Schlaf ist ruhig und friedvoll, so schlafen vielleicht Kinder. Im Schlaf wendet er mir seinen breiten Rücken zu, die riesigen Schultern wie ein Berg vor meinen Augen, über den ich nicht hinwegsehe. Den freiliegenden Arm, nicht jenen, den er unter dem Kopf angewinkelt in die Laken drückt, legt er quer über meinem Körper. Seit zwanzig Jahren geht das so.
Heute war unser Hochzeitstag, die Teller und Bestecke türmen sich unten in der Spüle. Wir haben viele Freunde. Gute Freunde. Max freut sich über jeden einzelnen von ihnen.

Ich bin zwei Frauen, das Glück liegt irgendwo dazwischen. Nachts ist mein Leben anders, das geht so weit, daß mein Gesicht nachts anders ausschaut. Nachts löse ich mein Haar und wenn es mir über Schultern und Rücken fällt, fühle ich anders.
Max findet mein Gesicht am schönsten, wenn ich einen Zopf trage, er wird meinen Zopf nie müde. Ich habe dichtes, dunkles Haar und lange dachte ich nicht daran, mit losgelöstem Haar zu leben, zu nächtigen. Nächtigen, dieses Wort habe ich von Justin.
Nachts ist alles, alles anders. Nachts denke ich nie an den Tag, an die Freunde, an das Haus. Nachts lebe ich im Dunkeln, in Kopf, Leib und Seele, mit Eulen, Füchsen und Nachtfaltern, in einem anderen Haus mit einem vollkommen anderen Menschen. Vorher dachte ich nie an Geheimnisvolles. Das Geheimnisvolle, Unbekannte fand den Weg zu mir.
Kurz vor dem Morgengrauen, zwischen Tag und Nacht bin

ich im Niemandsland: verloren und nichtig, zerstörerisch, schuldig. Doch die Tage und Nächte dauern an und kommen unentwegt wieder, wieder und wieder.

Wegen des Zopfes löst sich mein Haar in Wellen auf, ich entdecke ein runderes, weicheres Gesicht. Nachts funkeln die Augen wie kleine, schwarze Lichter. Bin ich blind oder sehe ich?

Nichts stört Maximilians Schlaf, seine Schultern heben und senken sich unter dem Laken. Sein Schlaf ist still, kaum höre ich seinen Atem.

Neben einem Menschen schlafen, heißt einem Menschen zu vertrauen.

Ich habe nie aufgehört, Frau für Max zu sein. Ich liebe meinen Mann.

Ich entgleite dem Arm, den er nachts quer über mich legt, mache eine halbe Drehung, setze die Füße auf den Berberteppich und drücke mich mit den Handflächen sanft von der Bettkante hoch. Das Sitzen vor dem Spiegel ist ein Ritual, das Gummiband, das mein Haar zusammenhält, lege ich in die kleine Holzschatulle. Als Beweis, daß ich zurückkomme. Um den Zopf wieder zu binden, um meinen Körper unter Max' Arm zu legen und um zwei, drei Stunden Schlaf zu finden. Wenn ich vor dem Morgengrauen zurück ins Bett, zurück in mein Tagleben krieche, denke ich nicht gerne über meine Einsamkeit im Niemandsland nach, ich schlafe ein.

* * *

Sonntags schläft Max aus, aber an Werktagen steht er bereits um sieben in der Küche und schüttet drei vollgehäufte Löffelchen Kaffeepulver in den Filter. Drei Teelöffel, das reicht für zwei Tassen starken Kaffee. Er trinkt ihn im Stehen, neben der Kaffeemaschine. Dort steht auch das Radio, er hat es leise gestellt, weil seine Frau noch schläft. Wenn

Kim aufsteht, schenkt auch sie sich eine Tasse ein, die Metallplatte hält das Gebräu heiß und sie mag es, wenn es etwas abgestanden und verbrannt schmeckt. Sie trinkt den Kaffee sogar kalt, Max erträgt ihn nicht einmal lauwarm, heiß muß er sein. Wenn Max in der Werkstatt ist, braut sie frischen Kaffee, den sie ihm jeden Morgen hinüberbringt. Falls Kunden oder Freunde in der Werkstatt sind, ruft er an, damit sie mehr kocht. Er mag es, wenn sie mit dem Tablett daherkommt und über lautem Debattieren dem einen Milch einschenkt, obwohl er den Kaffee doch immer schwarz trinkt, und beim andern vergißt, den begehrten Zuckerwürfel in die Tasse zu geben.

Handwerker lärmen bei der Arbeit, das ist in jedem Winkel der Erde so, und Kim schließt sich dem Lärmen an. In der Autowerkstatt redet sie viel lauter als im Haus.

Heute ist Sonntag, dennoch steht Max bereits in der Küche. Er dreht den Wasserhahn auf, das Becken füllt sich mit heißem Wasser und Seifenschaum. Mit dem Abwasch will er seine Frau überraschen. Gestern waren sie auf den Tag genau zwanzig Jahre verheiratet, Kim hatte für zweiundzwanzig Gäste gekocht.

Er wollte, daß sie das rote Kleid mit dem ausgeschnittenen Rücken trug, jedes Jahr will er das. Sie lacht über den veralteten Schnitt, doch sie trägt das Kleid für ihn und ihre Freunde wissen das, sie kennen das Kleid. Max macht mehr Radau als beabsichtigt, deshalb lehnt sie nun mit verschränkten Armen und übereinandergeschlagenen Beinen an der Tür. Mein Gott, was für Beine!

-Setz dich Kim, und schau deinem Mann beim Abwasch zu. Kim drückt sich mit der Schulter ab, trottet mit schlafverhangenen Augen zum Spülbecken, schlingt dort die Arme um ihren Mann und lehnt den Kopf an seinen Rücken. Sie bleibt so, während er mit dem gelben Schwämmchen Reste von den Tellern schrubbt und das glänzende Geschirr mit klarem Wasser übergießt. Seine Bewegungen und die warme Schulter an ihrer Wange schläfern sie ein. Doch nun hält er ihr eine Tasse Kaffee vors Gesicht, Dampf beschlägt ihre Haut. Träge greift sie danach, setzt sich seufzend an den Küchentisch.

-Ich liebe dich, sagt Max und atmet exaltiert aus.

Er dreht den Wasserhahn zu, schnappt sich den nächsten Teller und reibt ihn mit dem gelben Schwämmchen sauber. Sie weiß, wie er liebt.

Sein Haar ist genauso dicht wie vor sechsundzwanzig Jahren, der Wirbel am Stirnansatz ist nun ergraut. Versilbert sagt sie.

Max dankt ihr mit diesen Worten und mit dem Abschrubben der Teller. Das Schwämmchen in seinen großen Händen!

Doch da meldet er sich wieder: der Stich in ihrer Brust, plötzlich und scharf, der Schmerz, der ihre Schuld zum Ausdruck bringt. Er zerschmettert sie mehrmals am Tag aus heiterem Himmel.

Die Tasse in ihrer Hand ist warm, der bittere Nachgeschmack, den der Kaffee auf der Zunge hinterläßt, und dort, die behaarten, kräftigen Beine ihres Mannes, der sich in roten Shorts über das Spülbecken beugt, all das kennt sie. Es beruhigt sie. Der Tag hat sie zurück.

-Heute machen wir gar nichts, du und ich, sagt Max, ohne sich nach ihr umzudrehn.

Sie weiß, was das bedeutet, drückt die Tasse auf den großen Tisch, steht auf und geht zurück zum Spülbecken, zur Kaffeemaschine, zum Radio, zu ihrem Mann. Mit einem Ruck zieht sie die Shorts über seine Lenden, sie rutschen ihm an den Beinen hinunter und bedecken seine Füße. Er lacht auf, fröhlich. Mit warmen, flachen Händen streicht sie über seinen Po. Er drückt das Schwämmchen aus, ein Wasserfaden rinnt seinen Unterarm entlang und schießt am Ellbogen auf die grauen Fliesen.

Es ist wieder Sommer, die Fenster im Schlafzimmer stehen

11

Tag und Nacht offen. Vom Bett aus beobachten sie, wie das Licht sich allmählich verändert, von blaßgelb zu apricot. Die Gardinen flattern hin und wieder auf und reiben sich an den Fensterläden, der Wind huscht übers Bett und hinterläßt eine Gänsehaut auf ihren ausgestreckten Körpern. Draußen schreien Vögel, die Bauern holen die erste Heuernte ein, das Knattern eines Dreschers irgendwo hinterm Haus.

Zweimal klingelt das Telefon, doch heute bleibt Max liegen. Er ist entspannt, nur die Vertrautheit im Schlafzimmer zählt, die durchgedrückten Kopfkissen, Kims Zopf in seiner Achselhöhle, das Mückenwölkchen in den Zweigen des Apfelbaums. Seine Armbanduhr liegt mit dem Zifferblatt auf dem Nachttisch zwischen der Flasche Grapefruitsaft und dem Teller mit den Melonenschalen. Max hält den Ellbogen seiner Frau in der gewölbten Hand und sagt, daß sie wieder einmal ins Kino gehen sollten. Sie nickt und kneift seine Lippen mit Daumen und Zeigefinger zusammen. Ja natürlich, ins Kino, mmh. Diesen Vorschlag macht Max sonntags oft.

-Willst du spazierengehn?

-Willst du?

-Nein, wieso?

-Willst du was essen?

-Wieso?

-Im Kühlschrank ist noch Braten. Und Mangosorbet!

-Geh schon mal runter, Liebling, ich komme gleich.

Max geht zum Fenster, nimmt den Morgenmantel von der Sessellehne und streift ihn über, ohne ihn zuzubinden. Solche Details bringen Kim zum Lachen. Dann greift er nach dem Teller mit den Melonenschalen und nach der leeren Flasche.

-Zwanzig Jahre, Kim! Weißt du, darauf bin ich stolz. Ich habe eine schöne Frau!

Verlegen streicht er mit dem Daumen über den feuchten Tellerrand und blickt auf das zerknüllte Laken.

Sie lauscht seinen Schritten auf der Treppe, mit einem Fuß tritt er fester auf, als schone er den anderen.

Kim kommen die Worte nicht so leicht wie ihrem Ehemann. Worte verunsichern sie, weil sie so viel bedeuten können und sie sich ihrer Bedeutung nie sicher ist. Manchmal erwischt sie sich dabei, wie sie Worte auf Schwachstellen absucht wie einen Gegenstand, bevor sie diese in die Welt setzt.

Max weiß immer ganz genau, was er sagt, er kennt keine Zweifel, er glaubt nicht an Träume und Omen. Er ist ein pragmatischer Mensch, ein Haus ist ein Haus. Darin steht man auf, da wäscht man sich und kocht, die Schäden kann man mit Hammer und Schraubenzieher beheben. Das Leben ergibt sich von selbst, im Haus ist seine Frau und Liebe, so selbstverständlich ist alles. Da ist kein Bruch, keine Naht in seinen unversehrten, glatten Täglichkeiten, bloß diese fraglose Hingabe an aufeinanderfolgende Stunden. Max ist nie von seiner Existenz betroffen, Existenz ist ein Begriff, den er nie in den Mund nehmen würde. Wenn Kim das täte, hätte er bloß ein Schmunzeln dafür übrig. Das weiß sie mit der gleichen Sicherheit wie sie weiß, daß er die Tageszeitung rückwärts liest.

Vor vielen Jahren trafen sie die Entscheidung, kein Kind zu haben. Nicht, weil die Welt so schlecht ist, und auch nicht aus Egoismus. Aber Max hält das Leben an der Schnur wie einen Luftballon, mit Leichtigkeit. Die Schnur läßt er nie los, komme was wolle und noch viel mehr. Aber einem Kind kann man wegsterben, da reißt die Schnur. Dieses Risiko geht Max nicht ein, er hält's mit Tatsachen.

Kim ist anders als ihr Ehemann, für sie ist ein Haus nicht nur ein Haus, da sind Empfindungen, Glück und Flüche drin, nicht nur fließendes Wasser und Gasanschluß. Tatsachen ja, auch sie tut Sachen, mehr als alle anderen Frauen in der Nachbarschaft, mehr als notwendig. Sie tapeziert, wachst das Auto, backt Brot und Max sagt, daß sie eines

Tages auch noch Eier legt. Er ist tagsüber in der Werkstatt beschäftigt, sie ist Fremdenführerin in der Stadt und legt hinter dem Haus einen Garten mit Büschen und Obstbäumen an, hebt eigenhändig einen kleinen Teich aus und stattet das braune Loch fachmännisch mit einer Plastikplane aus. Die Auswahl der Pflanzen, Wasserschnecken und Fische - ein Kinderspiel. Kim hat kraftvolle Hände mit Hornhaut auf den Innenflächen. Sie weiß mit der Sense umzugehen, wenn das Gras nach dem Urlaub zu hoch ist. Sie tut alles besonders gut.

Maximilians Frau ist großgewachsen, trotz der Schwielen hat sie schöne Hände, das sagt man ihr oft. Sie pflegt ihre Nägel, feilt sie mandelförmig und lackiert sie. Schwere Knochen hat sie, deshalb die breiten Hüften und die Schultern, doch ihr Fleisch ist fest, die Haut straff. Sie starrt auf das blasse Schneckenhaus in ihrer Hand, als stünde in den Windungen eine Antwort auf ihre Fragen, sie rackert sich im Garten ab, bis Schweißfäden über ihre Schläfen laufen, dann legt sich die Unruhe. Sie ist müde und der Garten wird zum Garten.

Kim lebt in einer Männerwelt auf dem Lande. Es sind gute, gerade Männer, die ins Leben beißen wie in einen Apfel. Sie schließt sich an, wochenlang, monatelang, bis das Haus eines Tages wieder Geister beherbergt, die sie nicht versteht. Das Leben, überfällt der undankbare Gedanke sie, kann doch nicht nur dies hier sein, diese tagtäglichen Reste. Doch der Mann an ihrer Seite hält sie an der Schnur, damit sie nicht entschwebt. So leben sie und tun es nicht mal schlecht. Sie sind sanfte Menschen. Es ist so einfach.

Die meisten Frauen in der Gegend haben Kinder. Isabelle nicht. Man wird seine Liebe auch ohne Kinder los, behauptet sie. Gerade sie mit ihren unglücklichen Liebschaften. Isabelle besucht Kim an den Nachmittagen, an denen diese nicht vor Japanern, Holländern und Deutschen herläuft

14

und ihnen Luxemburg einträufelt, bringt ihr Eier, eine
Zeitschrift, zeigt ihr die neue Frisur. Auf Isabelles Vorschlag, ihr Haar zu ändern, reagiert Kim seit Jahren mit
einem Lächeln, ja, ja, das Haar ändern. Was weiß Isabelle
schon über Kims Haar. Isabelle ist keine Freundin, der man
Geister anvertrauen kann. Wenn sie daherkommt in ihren
Reithosen und mit Schlamm an den Sohlen, paßt sie in die
Welt, die Kim umgibt. Schlamm an den Sohlen oder Motoröl an den Fingern laufen auf die gleiche Lebensweise hinaus. Nicht, daß Isabelle nicht weiblich wäre, sie ist zart-
gliedrig wie ein fünfzehnjähriges Mädchen, und wenn die
Freundinnen die Hände nebeneinander auf die Tischdecke
legen, sieht man den Unterschied.
Kim weiß alles über Isabelle, was man über einen Menschen mittels vertraulicher Gespräche erfahren kann. Zum
Beispiel, daß ihr, was Männer angeht, ausnahmslos ver-
krachte Existenzen ins Netz gehen. Doch das ist ohnehin im
Dorf bekannt und auch, daß sie Besseres verdient. Vor
Jahren hockte Isabelle nachts in ihrer Küche, Kim schmier-
te Kamillensalbe auf ihre geschundene Haut und preßte
kalte Umschläge auf ihre Augen. Sie wischte Isabelle Rotz
und Tränen weg und beschwor sie, diesen Mann endlich
rauszuschmeißen. Den Spanier. Jetzt lebt Isabelle mit
einem Franzosen zusammen, der legt nie Hand an sie an,
nie!
-Das kann nur mir passieren, lacht Isabelle aufmüpfig,
einem Mann mit Berührungsängsten über den Weg zu laufen. Haudegen, Schlappschwänze, Bierfliegen, zählt sie ungerührt an ihren Fingern ab. Ich drück mir gleich ein Siegel
auf die Stirn: alle Stinkstiefel zu mir!
Isabelle hortet katastrophale Liebschaften. Und steckt ein.
-Sonst ist sie doch nicht begriffsstutzig, sagt Kim, doch für
solchen Klatsch ist Max ungeeignet. Isabelle hat ihre Pferde, die Leute, denen sie Reitstunden gibt, werden zu
Freunden, klingeln an ihrer Haustür und bringen ihr die
neusten CD's ins Haus, sie geht mit ihnen ins Kino und ins

Schwimmbad.

Es ist nicht so, daß Kim keine gute Freundin hätte.

Das Nachbarhaus war über zwei Jahre lang unbewohnt, und wenn Kim den Rasenmäher zu der kleinen Jugendstilvilla hinüberschob, sah sie, wie die Zaunwinde zuerst das gußeiserne Geländer umrankte, und von dort aus in die Fugen zwischen den Steinplatten kroch. Zu guter Letzt eroberte das Kraut die Stufen, die zur Haustür führen. Hätte sich kein neuer Bewohner eingenistet, das gesamte Haus wäre von dem grünem Schleier und den weißrosa Blüten eingehüllt worden.

Doch eines Tages ist das Unkraut auf den Stufen beseitigt, nur in den Fugen zwischen den Steinplatten blüht und gedeiht es weiter. Die hölzernen Läden wurden von Geisterhand aufgeklappt, doch hinter den Fensterscheiben rührt sich auch weiterhin nichts. Die schweren Gardinen bleiben zugezogen in den Fenstern hängen und verleihen dem Haus das Aussehen eines Gesichts mit geschlossenen Augen. Es schläft weiter, nur manchmal entdeckt Kim Anflüge von neuem Leben. Wenn das Gartentor offensteht, die Mülltonne dienstags auf dem Bürgersteig auftaucht. Einen Strohkorb fürs Brot auf dem obersten Treppenabsatz.

Wo ist der Mensch?

Kim bringt das Tablett mit der Thermosflasche in die Autowerkstatt, Zuckerwürfel hier, Milch, nur ein wenig, ja danke, Kim, und der neue Nachbar, oder ist es eine Frau? Die Hausbesitzerin lebt im Ausland, in München? Nein, jetzt in Zürich, die kann man schlecht befragen, und was geht es uns an, nichts, pure Neugier, was soll's, er verliert Öl und kontrollier auch gleich die Bremsbeläge... Ja danke, ich nehm etwas Kaffee.

In Großstädten spazieren Leute zur Kontaktaufnahme mit Hunden in Parkanlagen herum, Kim führt den Rasenmäher spazieren. Zum Nachbargrundstück. Vom überwucherten

Zaun aus sind die Fenster ihres Hauses so klein wie ihre Fingernägel.

* * *

Ich stelle meinem Mann nicht viele Fragen, das ist so bei uns. Welche Fragen sollte ich auch stellen, wenn ich an manchen Tagen nicht einmal weiß, was fragenswert ist. Auf dem Küchenkalender, wir haben Mai, besagt ein chinesiches Sprichwort, daß nichts im Leben wichtig ist außer Gartenarbeit, und daß nicht einmal die wichtig ist.
Das gefällt mir.
Mein Mann ist ein Erzähler oder sollte ich sagen ein Berichterstatter, was Freunde und Bekannte, den Tag und die Arbeit angeht. Mit den Fragereien schlage ich mich alleine herum, auch frage ich mich, in welche Frage ich das, was ich nicht fassen kann, kleiden könnte. In eine Frage kleiden.
Ich kleide mich in Fragen.
Die Rasenmäherausflüge unternehme ich monatelang ohne Ergebnis. Ich lauere, ohne zu wissen, wem oder was ich auflauere. Doch nichts, nichts umwittert das Haus. Es ist langweilig, den Rasenmäher so oft auszuführen, doch es treibt mich hin. Der Teufel weiß, was mich hintreibt. Ein Haus wie ein verschlossenes Gesicht, ein Haus, in dem sich nichts zu tun scheint, um das es wild und grün wuchert.
Mit einem Brotkorb auf dem Treppenabsatz.
Man muß immer alles begründen. Es gibt Gründe genug, einmal grundlos zu handeln.

Kim stiehlt den Brotkorb, und weil das Haus sehr abgelegen liegt, so mitten in den Feldern, ertappt niemand sie dabei. Als Diebin steigt sie über den überwucherten Zaun, ohne sich um den Saum ihres Kleides zu scheren, der sich an einer gußeisernen Spitze verheddert. Schnell ist sie im Garten, das Gras dämpft ihre Schritte auf dem fremden Grundstück, reißt den Korb auf dem obersten Treppenabsatz an sich und versteckt ihn unter ihrem Kleid. Zu Hause legte sie ihn zwischen ihre Winterpullover. Ein Geheimnis hüten. Im Kleiderschrank.

Es ist ein gewöhnlicher Korb. Aus Bast. Jemand hat den Zierstoff unsauber herausgerissen, an der Innenseite hängt noch ein Fetzen Blau. Natürlich raste mein Herz während meiner kindischen Tat, es raste und es hörte erst zu rasen auf, als der Korb zwischen meinen Wollpullovern lag. Vielleicht lebt man einen Tag weniger, wenn das Herz so pumpen muß.
Zum gestohlenen Objekt gehört kein Gesicht, daher keine Gewissensbisse, bloß übermütiges Lachen drei-, viermal am Tag. Das Versteck im Kleiderschrank verschafft mir Genugtuung. Ich bin nicht ganz bei Trost!
Ich habe nachgeschaut, das Brot liegt jetzt auf Zeitungspapier, das mit Steinen beschwert ist. Mit den Kieselsteinen, die zu Hunderten im Garten herumliegen. Dort bleibt es bis zum Abend liegen. Ich bin mir nun sicher, daß der neue Bewohner ein Mann ist.
Ganz leichte Gewissensbisse kommen mit dem Gedanken an Ameisen. Ameisen essen Brot, Ameisen schleppen doch alles Mögliche in ihren Bau.
Max schläft. Den Arm, den er quer hinter seinem Rücken über mir ausstreckt, habe ich auf die zusammengeknüllte Decke gebettet. Die Schranktür öffnet sich lautlos, aber selbst, wenn sie bellte, würde mein Mann nicht aufwachen. Die Schlafzimmertür bleibt offen, die Haustür auch, ich bin gleich zurück. Im Dunkeln brauche ich den Korb vor niemandem zu verstecken. Ich laufe barfuß. Dieses Mal hebe ich mein Kleid hoch, es ist wieder das gleiche, damit es nicht an den Spitzen hängenbleibt. Als ich Gras und Kieselsteine unter den Fußsohlen spüre, öffnet sich die Haustür. Es geht alles sehr schnell, er sieht mich nicht. Schon ist die Tür wieder verschlossen und das Brot weg. Ich rühre mich nicht.

Er ließ die Türklinke nicht los, als er sich nach dem Brot
bückte, ja, er ließ sich fallen und hob das Brot im Schwung
des Falls hoch. Drückte es an seine magere Brust. Eine
Kinderbrust! Das bißchen Licht kam aus dem Hintergrund,
die Diele war unbeleuchtet. Er trug Hosen, dunkle Hosen,
sonst nichts.

Der Brotkorb wie ein Gewicht in meiner Hand. Ich beeile
mich nicht, ich habe auch keine Angst, daß die Tür wieder
aufgeht, das Weiterleben spielt sich drinnen ab. Ich bin sehr
neugierig. Sehr neugierig. Die Kiesel landen mit einem
dumpfen Aufschlag im Gras, die Zeitung falte ich zusammen und lege sie in den Korb. Die Stufen sind kalt, ich wick-
le die Falten meines Kleides um die Beine und ziehe die
Knie an den Bauch. Es ist gut hier zu sitzen und zu wissen,
daß die Tür hinter meinem Rücken verschlossen bleibt.
Blätter rascheln im Dunkeln, auch Mäuse fressen Brot.

* * *

Den Brotkorb mit den versteinerten Krümeln findet Justin
bei seinem Einzug im Küchenschrank, er reißt den Stoff
heraus, das ist leicht, und greift nach dem Honigglas. Es ist
noch versiegelt, aber schon vor zwei Monaten abgelaufen.
Freundlich hat die Hausbesitzerin ihn darauf hingewiesen,
daß sich viel Krimskrams angesammelt hat und ihr aus
beruflichen Gründen die Zeit fehlt, das Haus zu leeren. Aus
diesem Grund bietet sie ihm fürs erste Halbjahr eine Miet-
ermäßigung an.

Nun ist er in diesem Haus und findet, daß nichts zum
Wegwerfen ist, es ist gut so. Nur im Schlafzimmer im ersten
Stockwerk, im Zimmer, in dem er sich aufhält, hat er gerin-
ge Veränderungen vorgenommen. Den Kleiderschrank und
den kniehohen Tisch hat er ins Nebenzimmer geschoben
und dort mitten im Raum stehengelassen. Das ganze Frau-
enschlafzimmerbrimborium, Fläschchen und Kästchen, hat
er ebenfalls dort verstaut.

19

Justin will so wenig wie möglich um sich haben. Den Computer, seine Bücher, ein Paar Hosen und Hemden. Den Gaskocher zieht er dem Küchenherd vor, er kann ihn vom Bett aus bedienen.

Das riesige Badezimmer amüsiert ihn, die weißen Kacheln, vereinzelte mit Blumenmuster, die wie emaillierte Organe aussehen. Er liegt in der Badewanne, das Wasser ist warm, das Licht aus. Er mag diesen Raum, sein Fenster, das auf die Felder hinausgeht. Das nächste Haus ist weit genug entfernt, um die Illusion einer Wiesenwüste aufrechtzuerhalten. Der Mondschein fällt in einem breiten Streifen auf den Fußboden, auf die Jeans, die wie Zwergenbeine dastehen. Was soll die Sache mit dem Korb? Ihn stört diese Kinderei nicht, die Menschen draußen. Aber die Lenzrose gefällt ihm. Lenzrosen sieht man nicht oft, er jedenfalls nicht. Sie war schon leicht verwelkt, als er sie heute abend neben dem Brotkorb fand. Nun treibt sie zwischen seinen angewinkelten Knien.

Kim macht es immer so, die Fadenschwänze der Radieschen knickt sie mit dem Daumennagel ab, die weißroten Knollen schneidet sie in durchscheinende Scheiben.
Nach dem Mittagessen streckt sie sich neben Max auf dem Sofa aus, meistens schläft er über dem Erzählen ein.
-Ich mach schon mal Kaffee, sagt sie, stellt zwei Tassen auf den Tisch, setzt sich und wartet. Als Max in der Küche erscheint, tatkräftig die Handflächen aneinanderreibend, sieht man ihm den eben beendeten Schlaf nicht an.
-Die haben wir lange nicht mehr benutzt, sagt er, mit vorgestrecktem Kinn auf die Tassen deutend.
-Von Großmutter, ein Hochzeitsgeschenk.
Max weiß das und sie weiß, daß er es weiß, aber wenn man so lange zusammenlebt, wiederholt man sich.
-Schönes Porzellan, nickt er, als sähe er es zum ersten Mal, rückt den Stuhl vor. Kim füllt die goldumrandeten Tassen

und schlägt die Augen zu ihm hoch.

-Ich möchte ins Kino, sagt sie. Die Lippen am dünnen Tassenrand nickt ihr Ehemann mit dem Kopf.

-Telefon, fragt sie, zieht die Augenbrauen hoch und zeigt mit dem Finger auf den Apparat.

-Ich reserviere unsere Plätze von der Werkstatt aus.

Kim legt das hellgrüne Hemd und die beige Cordhose für ihren Mann auf die Bettdecke. Max singt unter der Dusche, er singt gut. Die neuesten Schlager kennt er stets auswendig, weil in der Werkstatt pausenlos das Radio läuft. Er singt ganze Auszüge aus Musicals. Manchmal stimmt seine gute Laune sie einsam.

Im Kino schmiegt sie den Kopf an seine runde Schulter und läßt ihn so liegen, bis sie einen Stich im Nacken spürt. Max sitzt mit hoch erhobenem Kopf im weichen Sessel, sein Kopf fällt nicht mal zur Seite. Daß er vor der lauten Leinwand immer einschläft, streitet er vehement ab. Und wenn die Körper sich ringsherum zu rühren beginnen, wenn gehüstelt und in Taschen gekramt wird, lacht Max seiner Frau zum Beweis ins Gesicht.

-Guter Film!

-Die Schlußszene, sagt sie im Auto, die mit dem abgedunkelten Gesicht hinter der Fensterscheibe, die war stark. Die Schlußszene mit dem abgedunkelten Gesicht am Fenster, die war stark, sagt Max am nächsten Tag in der Autowerkstatt.

Kurz vor Mittag schneit Isabelle in die Küche. Ihr Gesichtsausdruck, das anhaltende Grinsen und die Art, in der sie die kurze Strecke zum Küchentisch rennt und den Blick in Kims Gesicht nagelt, verheißen Besonderes. Kim knetet seelenruhig den Brotteig, während die Spannung der Freundin hinter ihrem Rücken schreit und knistert.

-Kim, preßt sie den Namen hervor, der zu einem spitzen Schrei ausartet. Kim formt den Teigklumpen zwischen ihren Händen zu einer Kugel, legt ihn auf die Arbeitsplatte und bedeckt ihn mit einem sauberen Küchentuch.

Sie stellt die Isabelle-Tasse, die mit den Pferden, die im Sonnenuntergang mit wehenden Mähnen um die Tasse herumreiten, neben das gewölbte Tuch, schenkt schwarzen Kaffee ein und schiebt die Tasse über den Tisch in Isabelles Hände. Sie setzt sich, schlägt die Beine übereinander und begutachtet lächelnd ihre Fingernägel.

-Kim, flüstert Isabelle erregt, beugt den Oberkörper über den Tisch und schnappt sich Kims Hand. Du, jemand hat sich in mich verliebt..., ein Reitschüler, Junggeselle, genauso alt wie ich. Wir sind am gleichen Tag geboren, er ist ein Stier, im Sternzeichen, fügt sie ungeduldig hinzu, weil Kim sie mit argwöhnischen Augenbrauen mustert.

-Ich bin auch Stier! Mit den Fingerspitzen zieht sie das silberne Amulett aus ihrem Halsausschnitt und hält es vor Kims Gesicht, ein Stier mit einem Buckel wie der Glöckner von Notre Dame.

-Er ist auch ganz verrückt nach Pferden.

-Gut, sagt Kim.

Die Liebesgeschichten der anderen sind immer banal.

-Und Jean?

-Jean? Isabelle verschränkt die Arme vor der Brust und starrt mit zusammengepreßten Lippen in den Kaffee.

-Jean ist der Mann, der mit dir unter einem Dach lebt.

-Am Nachmittag reiten wir aus, übergeht Isabelle Kims Bemerkung, ihre leicht vorgewölbten Zähne blitzen. Isabelle sieht kindlich aus, sie ist hübsch.

-Meinst du wirklich *gut*, oder findest du es schlimm?

-Ich meine es wirklich, Isabelle, du schuldest Jean nichts, man kann doch nicht ewig so ohne Sex...

Isabelle setzt die Tasse ab und lächelt frohgemut.

-Ich bin kein Einfaltspinsel mehr, so wie früher, na, du weißt schon.

-Du bist gut, so wie du bist. Ich mag dich so und nicht anders. Schokolade?

Isabelle bemerkt Kims verkniffenen Mund nicht, als sie erwähnt, daß sie gestern abend den Exoten aus dem Nachbarhaus kennengelernt hat. Kim bricht zwei Rippen von der Tafel und wickelt das silberne Einschlagpapier selbstvergessen um ihren Zeigefinger.

Das verschlossene Haus, die schweren Gardinen, Bilder wie Blitzeinschläge hinter ihren Augenlidern. Die magere Brust.

-Exot, hinterfragt sie so beiläufig wie möglich.

-Na sag mal, das ist doch ein Vampir, taucht nur nach Sonnenuntergang auf, lautlos wie ein Schatten. Oder kennst du vielleicht jemanden aus der Nachbarschaft, der ihm schon über den Weg gelaufen ist! Ich traf ihn beim Reitstall.

-Und? Kim reicht der Freundin die Schokolade, stützt die Hände an den Hüften ab und weist mit dem Kinn auf den Apfelbaum. Ein dunkler, nasser Zweig wiegt sich hinter der Fensterscheibe.

-Wenn es stürmt, kratzt dieser Ast an der Scheibe. Weißt du noch, wie schwer der Baum im Herbst beladen war? Hoffen wir nur, daß der Frost die Blüten nicht zerst...

-Ist ganz nett, schneit Isabelle ihr ins Wort. Scheint jedenfalls so, mit Fremden weiß man ja nie. Er stand so da, als ich den Stall abschloß, Nina war bei mir. Zuerst sah ich seine Füße, du, da bin ich vielleicht erschrocken, es war doch schon dunkel! Er war dann ganz freundlich, doch viel redet der nicht. Ein Stockfisch. Wohnen Sie jetzt dort? Ja. Gefällt es Ihnen? Ja. Mögen Sie Pferde? Eine Unterhaltung kann man das kaum nennen. Nina schaute ihn ganz groß an, du weißt, wie die einen ansehen kann mit ihren Scheinwerfern, da hat er plötzlich gelacht. Nina auch. Du hast mich gar nicht nach seinem Namen gefragt!

-Wie heißt er, fragt Kim mit tonloser Stimme.

-Pascal, äußert Isabelle eruptiv, und ich kann es kaum erwarten, mit ihm auszureiten.

-Ein Spanier, ein Franzose, Kim macht sich mit Gelächter Luft. Ist dein neuer Schwarm Luxemburger?

-Nein, Belgier!

-O du buntschillernde Welt!
-Mannsvolk, sagt Isabelle unverdrossen.

Der Geruch nach Stroh und warmen Pferdekörpern veran-
laßt Justin zum Stehenbleiben. Im Stall ist noch Licht,
Stiefelabdrücke im Sand. Eine gedämpfte Stimme und übermütiges Kindergezirpe. Justin steht außerhalb des Lichtke-
gels, der aus dem Stall fällt. Das Mädchen, ein kleiner
Teufel, der sturzbachartig zur Tür herausstürmt, überrascht
ihn. Unter den kurzen Hosen kommen dünne, rastlose
Beine mit dicken Knien zum Vorschein. Sie hüpft über den
Lichtstrahl, sieht seine Silhouette. Unerschrocken und neugierig, mit schiefgelegtem Kopf fahndet sie in der Dunkelheit nach Justins Gesicht. Als die Frau aus dem Stall
kommt, stellt die Kleine sich zum Versteckspiel neben ihn.
-Nina? Ah, guten Abend. Sie sind bestimmt...
Und während die Frau mit ihm redet, sie ist freundlich,
inspiziert das Mädchen ihn von den Schuhsohlen bis zum
Haaransatz. Das wohlbekannte Gefühl in seinem Magen, im
Bauch, bis zur Speiseröhre. Er weiß damit umzugehen,
knipst den Schmerz mit einem mentalen Schalter aus.
-Salut, flüstert die Kleine und zieht an seinem Hosenbein,
salut, ihr Ton schon ungeduldiger, fester.
Das bringt ihn zum Lachen.

Max schläft immer sofort ein. Instant sleep, sagt Kim.

Heute abend trägt er ein Hemd, es ist aufgeknöpft. Er
bückt sich zum Brotkorb hinunter und greift zuerst nach
den Tulpen. Dann dreht er sich auf den Fußsohlen um die
eigene Achse und schaut in den Garten hinaus. Heute sieht
sie mehr von seinem Gesicht, es ist schmal und sehr blaß,
mit dunklen Augen und einem Haarschopf, der dem Gesicht die Strenge nimmt. Denn das Haar steht ihm in Sträh-
nen vom Kopf ab, unentwegt durchkämmt er es mit nervösen Fingern.

Irgendetwas an der Art und Weise wie er die Tür aufmacht, drückt Erwartung aus, doch sie kennt ihn nicht und möglicherweise gaukelt ihre Vorstellungskraft ihr das vor. Sie hockt im Dunkeln und bemerkt wieder jene flüchtige Handbewegung in seinem Haar. In der linken Hand hält er etwas zwischen Mittel- und Zeigefinger, so wie man eine Zigarette hält. Es ist weiß, Papier.

Lange traut sie sich nicht aus ihrem Versteck hervor, obwohl sie vor Neugier vergeht. Die Innenseiten ihrer Oberschenkel sind feucht, sie müßte zurück nach Hause, die Binde wechseln, das Monatsblut abwischen. Der Rock tut's auch. Erst als sie sicher ist, daß die Tür nicht aufgehen wird, weil das nicht in diese stille Geschichte paßt, Türen, die sich plötzlich öffnen, knackende Zweige und Worte, schleicht sie zur Haustür. Schleichen aus Spaß. Grundlos handeln.

Dort greift sie nach dem zusammengerollten Zettelchen und strafft es zwischen ihren Daumen wie ein Lotterielos. Und sieht ein Fragezeichen und eine Hundezeichnung. Der Hund stützt sich auf die unterschlagenen Vorderbeine und streckt den Hinterleib hoch, Striche deuten Schwanzwedeln an.

Kim ist enttäuscht.

Entdecken, schlägt Justin im Wörterbuch nach, weil er sich nicht nur aus beruflichen Gründen an etymologischen Kenntnissen ergötzt.

-Was ist Etymologie, wird Kim ihn fragen, aus dieser Frau schießen fliegenpilzartig Fragen hervor! Daß es die Erforschung der Wortgeschichte ist, wird er ihr erklären.

-Begeben wir uns auf die Suche nach dem Ursprungswort. Das klingt spannend wie Pyramiden und Höhlenmalerei.

-Und die Forschung kann man in den eigenen vier Wänden betreiben.

Doch zu diesem Zeitpunkt kennt er Kim noch nicht.

Ent-decken... Hunderte von Worten beginnen mit *ent-*: enthaaren, entwurzeln, entblättern. Anhand der drei Buchstaben nimmt man Haare, Wurzeln und Blätter weg.

Als erster finden, so wie Kolumbus Amerika entdeckt. So wie er auch Amerikas Einwohner entdeckt, sie für Inder hält und so benennt: *indians*. Im wahrsten Sinne des Wortes ist das ein Fehlschlag, weil diese *indians* keine *indians* sind und trotzdem plötzlich so heißen.

Worte machen Kim zu schaffen. Ein Stuhl ist ein Stuhl, solch ein Wort richtet nichts an, doch Worte können Haß und Lügen aus dem Stein schlagen, Hoffnung. Worte sind harmlos, harmlos und gefährlich. Das selbe Wort kann für zwei Menschen unterschiedliche Bedeutungen haben. Worte sind kompliziert.

Die Tulpen liegen auf einem Buchumschlag, sie erinnern ihn an den Frühling draußen, an den Tag. Manchmal, wenn er Zeitungsartikel schreibt, fällt sein Blick zum Fenster hinaus. Er ist mit den Gedanken anderswo, als er Hund und Fragezeichen aufs Papier zeichnet. Nachdem er es ordentlich zusammengerollt hat, öffnet er eine Dose Ravioli und eine Flasche Rotwein. Abgeschiedenheit.

Er bereut seinen Entschluß nicht, und ganz kommt man den Menschen nie aus dem Weg. Im Supermarkt sieht er sie, Apfelsinen, Fleisch, Lauchstangen und Sahne, der gefüllte Einkaufswagen spricht seine eigene Sprache, wohingegen er gar nicht mehr redet.

Die Kinder, die zu den Frauen gehören, das hochgesteckte Haar, die Pumps und die Eheringe, alles zeugt von Selbstverständnis, von Zugehörigkeit zu einer Gemeinschaft.

An der Kasse wird übers Wetter geredet, Justin nickt, ohne den Mund zu öffnen.

Im Kühlschrank hält das Obst sich wochenlang, das Gemüse ißt er roh. Man verhungert nicht.

Die Arbeit erledigt er übers Internet, übers Internet erreichen ihn auch die Mitteilungen seines Arbeitgebers. Justin verdient gut, seine größtenteils männliche Leserschaft ist ihm seit Jahren treu. Vorher flog er nach New York, Berlin, London, Hongkong und Paris, um Interviews mit Politikern, Künstlern und umstrittenen Persönlichkeiten zu führen. Nun sind Tag und Menschen ihm entbehrlich geworden, und Justin ist anpassungsfähig.

Wüstenleben ist anders, aber längst nicht unmöglich. Die Lebenszeichen des Tages, Lenzrose, Tulpen und all die Erinnerungen stören sein Gleichgewicht nicht mehr. Daß jemand sich für ihn zu interessieren scheint, amüsiert ihn hinter der verschlossenen Haustür, aber Zettelchen schreibt er keine mehr.

* * *

Ich denke nicht über Absichten nach, aber jeden Abend wage ich mich näher an die Haustür heran. Sein Gesicht kenne ich nun gut. Die nach unten weisende Pfeilspitze zwischen den dunklen Augenbrauen, entspannt ist er nie. Er hat ein Jungengesicht, manche Männer sehen ein Leben lang wie Kinder aus. Doch diese Falte, dieser Knick im Gesicht, ich will gar nicht wissen, was diese Bedenklichkeit in seinem Jungengesicht mir antut. Ich bin ein anderes Gesicht gewohnt.

Er schaut in den Garten hinaus, die müden Tulpen in der Hand. Ich frage mich, in welcher Form ich für ihn existiere, tagsüber und nachts, wenn ich ihm hier aufwarte.

Er ist mein Paris, wegen dem schwarzen Brillengestell und den kleinen rechteckigen Gläsern, er trägt nur Schwarz. Ich war nie in Paris.

Hände und Gesicht sind schmal. Länglich. Alles außer seinem üppigen Haarschopf ist in gemäßigter Portion an ihm ausgestattet. Er ist mit dem Notwendigsten versehen. Seltsam, daß ein Mensch solch einen Eindruck in mir vermittelt. Seine Stimme fehlt mir, ich kann sie mir nicht vorstellen. Die Stimmen, die mich umgeben, waren immer da. Nun fehlt mir plötzlich eine Stimme.

Max verlangt, daß sie die Kaffeemaschine wieder an ihren gewohnten Platz stellt, neben das Radio. Nein, das Radio soll auch dort stehenbleiben. Kim hat auch im Wohnzimmer gewütet, die Gardinen hat sie samt den Stangen beseitigt und Möbel verschoben, vorher sah es wirklich besser aus, wer will schon mit dem Rücken zum Fenster sitzen, aber das ist ihm gleich, doch das Radio und die Kaffeemaschine, hierhin, sagt Max und schlägt mit der flachen Hand auf die Arbeitsplatte. Kim lacht, ihr Mann gibt so selten Befehle, Isabelle lacht und der milchgesichtige Belgier, der neben ihr am Küchentisch sitzt, hält Max den anerkennenden Daumen in die Höhe. Kim zwinkert ihrer Freundin zu.

Beim Abendessen, die Weinsoße hat die Kartoffeln bräunlich eingefärbt, fragt sie Max, wie er das findet. Er zuckt mit den Schultern und vergewissert sich mit einem Blick, ob noch Fleisch im Topf ist.

-Das ist Isabelles Sache, sagt er. Und später, als er auf der Couch liegt: Pascal ist mir nicht unsympathisch.

-Und ihr Franzose, geht Kim schnell auf seine Bemerkung ein.

-Soll er sich anständig um seine Frau kümmern.

-Freundin! verbessert Kim ihn.

-Frau oder Freundin, beide wollen vögeln, sagt Max übermütig, legt Hand an Kim und zieht sie mit einem Ruck auf seinen Bauch, auf seine Schenkel.

Zuerst sieht er etwas Weißes, Helles. Es ist windig, Kims Kleid flattert auf, sie spürt, wie der Stoff sich auf Kniehöhe überschlägt. Es ist keine schöne Frühlingsnacht, seit Tagen ist der Himmel bedeckt, ohne daß der erwartete Regen einsetzt. Andere Nächte sind reich an Schattierungen, heute nacht ist das Grundstück schwarz.

Er nimmt ihr die Entscheidung nicht ab. Als er ins Haus will, steht sie auf dem obersten Treppenabsatz. Sie folgt ihm in die Diele.

Die Furche zwischen seinen Augenbrauen, als er in der Küche steht! Motzig wendet er den Kopf zur Seite und verharrt in dieser mürrischen Haltung.

Nun steht sie in dem unbeleuchteten Zimmer, sich selbst überlassen, und plötzlich ebenfalls motzig. Es riecht nicht gut, auf dem Tischtuch liegen Verpackungen, leere Dosen und Zeitungen herum. Volle Aschenbecher, daher der Geruch! Sie spürt wie er ihren Blicken folgt, vorurteilend wie ihr scheint. Deshalb bringt sie ein Lächeln zustande wie „Hübsche Küche, gemütlich hier." Und setzt sich neben den überquellenden Aschenbecher an den Tisch. Er schaut in ihr Gesicht, schaut wieder weg und wartet, doch sie schweigt. Nach einer langen Pause, während der er sich mit den Händen an den Schrank lehnt, die spitzen Ellbogen wie federlose Flügel ausgespannt, blickt er sie über die Brillengläser hinweg an.

-Ich sage nicht danke!

-Nein, erwidert sie bestimmt und bemerkt zum ersten Mal sein großes vorgewölbtes Kinn, eine Zumutung im schmalen Gesicht. Er erwidert ihr Lächeln nicht, doch ihr ist in diesem muffigen Zimmer alles gleich. Alles ist gleich, nichts braucht anders zu sein. Sollen die ausgedrückten Zigaretten ruhig stinken!

Er bleibt so mit den zusammengezogenen Augenbrauen und den Ellbogen, bis sie aufsteht. Als sie über die Wiese läuft, steht die Haustür immer noch offen.

Das Land, in das er vom ersten Augenblick an hinzugehören schien, hat er auch verloren. Alles Glück dieser Welt war auf einen Streich weg, eine Sache von Minuten. Soviel zur Veränderlichkeit des Glücks. Jetzt wähnt er sich frei von Furcht, denn da bleibt nichts übrig, das ihm entrissen werden kann. Gleichgültigkeit hat den Groll ersetzt. Perfekte Ersatzstücke gibt es nur im Maschinenbau und seltener im Leben.

Da war das Leben in Lissabon mit all seinen greifbaren Freuden, doch solche Momente verkannte er. Jetzt wüßte er damit umzugehen. Jetzt, wo es vorbei ist.

Justin hat den Dreh fürs Leben nicht raus, deshalb seine Vorliebe für die Nacht. Als sei er dem Leben nachts weniger schuldig, als könne er nächtens die Tage mit ihren blauen Himmeln und dem trägen Herumsitzen auf Portugals Stühlen vergessen. Den Tag mit all dem Licht, mit seinen Gesichtern, Stimmen und seinem Füßescharren erträgt er nicht mehr.

Nachts findet sein Leben statt, sein Ersatzleben. Erstaunlich, mit wie wenig er sich jetzt zufriedengibt. Fast alles ist überflüssig. Nichts mehr erwarten, nichts mehr erhoffen... Wenn dies der Zustand ist, den Buddhisten anstreben, wieso fühlt Justin die Erleichterung nicht?

Die leeren Weinflaschen stehen wie ein Glaszaun vor dem Treppengeländer auf dem ersten Stockwerk.

Justin drückt die Tür hinter der Fremden ins Schloß. Tulpen und Lenzrose haben nun ein Gesicht und es ist kein Kindergesicht.

Die dunklen Augen stimmen ihre Wangenknochen weicher. Sie hat ein großes, breites Gesicht mit einer gewölbten Stirn. Kein häßliches, aber ein ungewohntes Gesicht, als gehöre es nicht in dieses Land mit seinen angelsächsischen Gesichtszügen. Eine große Eskimofrau, ihre Schultern sind breiter als seine. Er ist erleichtert, als er wieder einsam ist, der Wein ist teuer und zu dieser Nachtzeit fallen ihm die besten Ratschläge für seine homosexuelle Kundschaft ein.

Der Alltag stört mich nicht, die Witze in der Werkstatt, mein Job und die Einkäufe. Ich liebe meinen Mann. Morgens richtet Max mir aus, was er sich zum Essen wünscht. Sein Wunsch erfüllt mich mit Tatendrang, ich sehe den gläsernen Salzstreuer, die Koreanderblätter und das Olivenöl bereits vor mir auf der Arbeitsplatte. Fleisch und Fisch sind tiefgefroren und um diese Jahreszeit brauche ich nicht viel Gemüse einzukaufen. Max steckt die Radieschen aus dem Garten in den Mund, mit Erde dran und so. Im Salat mag er sie in hauchdünnen Scheiben wie die Karotten. Es fällt mir leicht, meinen Mann glücklich zu machen.

Wir reden davon, eine Woche auf Mallorca zu verbringen. Ich habe mir Kataloge im Reisebüro besorgt und sehe mir die Schlafzimmer an. Die Bildchen, kaum größer als ein Ausweisfoto, zeigen Betten, Nachtschränkchen mit Blumen und manchmal eine hübsche Aussicht aus dem Fenster, da steigen die Preise dann sofort an. Max sagt, daß ich keine Rücksicht auf die Preise nehmen darf. Er streicht mit der Hand über meine Hüfte und drückt einen Kuß auf meinen Nasenrücken. Dabei sieht er mich genauso an wie immer. Wir kennen unsere Körper, Max ist stark und zärtlich.

Nach dem gemeinsamen Schläfchen auf der Couch geht Max zurück in die Werkstatt. Ich mache die Küche sauber, dann ziehe ich mich um. An vier Nachmittagen bin ich Fremdenführerin in der Stadt. Mein Interesse für Festungsbauten und Kulturgeschichte ist gemäßigt, mich zieht es eher zu zeitgenössischer Kunst hin, nein: mein Interesse gilt vor allem den Menschen. Es gefällt mir, vor einer Gruppe zu stehen, zu reden und Blicke auszutauschen. Ich erzähle wie sich die Burgunder, Spanier, Franzosen, Österreicher und Deutschen abwechselnd unser Fleckchen unter den Nagel rissen und die Ingenieure im Laufe der Zeit eine der stärksten Festungen der Welt schufen. Menschen machen mich neugierig. Das Hinreißendste an der Schöpfung ist, daß jeder Mensch ein anderes Gesicht hat.

An vier von sieben Wochentagen rede ich mir den Mund über die Kasematten und die Festungsmauern Luxemburgs fusselig. Die Kasematten beherbergten Werkstätten, Küchen und Schlachthäuser, gewährten Soldaten mitsamt Pferden Schutz, Goethe verweilte zur Zeit der Französischen Revolution in Luxemburg, daher der Goethe-Rundweg und das bronzene Goethe-Portrait. Nebenbei erwähne ich, daß Henry Miller kein Denkmal gesetzt wurde, weil er die luxemburgischen Frauen mit Milchkühen verglich und in den Männern den hinterwäldlerischen Bauern roch.

Ich könnte genausogut über gekenterte Bohrinseln, das Paarungsverhalten der Nilpferde oder über die größte hölzerne Achterbahn der Welt in der Lüneburger Heide reden.

Hauptsache ist, daß ich andere Gesichter vor mir sehe. Es ist eine Marotte von mir, daß ich mich an Menschen nicht sattsehen kann. Deshalb arbeite ich wohl, denn Geld haben wir genug. Maximilians Arbeit ist gewinnbringend und da ist noch die Erbschaft. Außerdem geben wir nicht viel aus, wir brauchen ja nichts. Mein Mann schlägt mir mindestens einmal im Monat vor, meinen Job an den Nagel zu hängen. Wohlwollend.
Den Antrieb für meinen Arbeitseifer behalte ich für mich, mit meiner Irrationalität hat Max nichts am Hut. Männer arbeiten ja, als säße der Teufel ihnen im Nacken. Und vergessen dabei, Muße zu pflegen. Muße pflegen klingt nach Gemütskosmetik.
Die Männer, die ich kenne, sind Sklaven ihres Tatendrangs und der verdirbt ihnen den Spaß an der Muße. Über sowas rede ich nicht mit Max, weil ich im Argumentieren eine Niete bin und zu weinen anfange, wenn er meinen Theorien mit Verstand und Logik zusetzt, und dann auch noch die Augen verdreht und „Frauen" seufzt.

Von unserem Schlafzimmer aus sieht man die kleine Villa nicht. Ich reibe meine Fußsohlen auf dem Teppich trocken und lege mich ins Bett, unter Maximilians Arm.
Die Küche, in der es nach Zigarettenkippen stinkt, spult sich wie ein Film immer wieder hinter meinen geschlossenen Lidern ab..., die ausgediente Tischdecke, Cornflakesverpackungen, Konservendosen.
Merkwürdig, mir war zumute, als gehöre ein bisher unbekannter Teil von mir in diese Küche.
Wie er am Schrank lehnte, auf der Hut wie ein aufgescheuchtes Tier! Feindseligkeit fühlte ich keine.
Seine Brust ist vollkommen unbehaart, weiß wie sein Ge-

sicht. Das breit vorgewölbte Kinn paßt nicht, es stört die feinen Gesichtszüge.

Im Schlaf drückt Max seinen Zeigefinger zwei-, dreimal in meine Haut. Er träumt, schlägt mit den Füßen aus. Über seine Schulter hinweg sehe ich, wie graues Licht die Dunkelheit ablöst. Der Himmel ist immer noch verschleiert, die Wolken kommen von der Nordsee zu uns hinüber. Ein seltsamer Frühling dieser hier, wie schwüler Herbst. Es ist windstill, das merke ich am Apfelbaum.

Mit jedem Atemzug hebt und senkt sich mein Arm auf Max' Bauch wie ein Schiff bei leichtem Wellengang. Ich liege still und stelle meine Atemzüge auf seine ein, das Glück kommt von ganz allein.

* * *

Zu diesem Zeitpunkt stellt sie sich noch keine Fragen. Ihr Gewissen ist rein, die Tagfrau kann die Nacht vergessen. Es werden Kartoffeln geschält und in der Werkstatt debattieren die Männer über die Auslandspolitik des amerikanischen Präsidenten. Gestern war es Israel und die neue Währungseinheit. Palästinensische Kamikaze-Kinder.

Unter einem Fahrzeug lugen Max' Schuhe und Fersen hervor. Wenn es wärmer wird, trägt er keine Socken mehr, das Haar kräuselt sich bis zu den Fußknöcheln. Kim stellt den Teller mit dem Käsebrot zwischen seinen Schuhen auf den Boden. Die Wucht des Tages hält sie in der Bahn.

Montags fällt niemandem in der Werkstatt auf, daß sie bei den Gesprächen kaum mitmischt und den Mund nur unwillig zu den Scherzen verzieht. Wie rastlos sie ist.

Vor seiner Haustür stapeln sich zwei Brote im Korb, das dritte liegt daneben. Die Luft geht der neuen nächtlichen Welt aus. Sie hätte die Nächte so gebraucht.

Es war immer so, daß die Umwelt ihr die Entscheidungen abnahm. Sie paßte sich an, und das machte sie gut. Deshalb versteht sie nicht, was sie jetzt tut. Die Haustür ist nicht verschlossen, geräuschlos fügt der Bronzeknauf sich ihrem Griff.

-Ich bin's, ruft sie zuerst in den dunklen Korridor, dann hinauf ins Treppenhaus. Es dauert eine Weile, bis sie die Umrisse auf dem ersten Stockwerk wahrnimmt, die verschlossenen Türen. Sie weiß, wo er sich aufhält, wegen des Lichts, das unter einer der Türen hervorkriecht und sich auf das alte Parkett legt. Sie ruft nun ein drittes Mal, lauter. Oben rührt sich etwas, vermutlich ein Stuhlbein, das über den Boden schabt. Die Tür öffnet sich. Da steht er, bereits auf dem obersten Treppenabsatz. Sein Gesicht sieht sie nicht, nur Beine und Hände sind im Licht. Mit unruhigen Fingern zupft sie an ihrem Rock, jede Geste ist überflüssig.

-Komm, sagt er.

Was bedeutet *Segen*? Ihr fällt kein anderes Wort ein, als sie mit ihm in seinem Zimmer steht und weiß, dieses Zimmer, das ist er. Sein Gesicht ist ernst, während er das dicke Wörterbuch in der Armbeuge hält, den Mittelfinger der rechten Hand mit der Zungenspitze befeuchtet und die Seiten umschlägt. Die Falten zwischen den Augenbrauen vertiefen sich.

-Bitte um die Gnade Gottes, letzteres betont er wie Sonne oder Liebe in einem rührseligen Schlagerlied.

-Heil, Glück, Einverständnis, Zustimmung, liest er mit sachlicher Stimme weiter und schaut über die Brillengläser hinweg stracks an ihr vorbei.

-Ja, sagt sie und schaut auf den einzigen Stuhl. Justin sieht sich im Zimmer um, daß es nur eine einzige Sitzgelegenheit gibt, hatte bisher keine Bedeutung. Unschlüssig stehen sie sich gegenüber, meterweit voneinander entfernt. Er klappt das Buch zu und stellt es zurück an seinen Platz.

-Setzen Sie sich aufs Bett, schlägt er unwirsch vor.

Die zurückgeschlagene Tagesdecke verunsichert sie, das weiße Laken, und als sie auch noch unerwartet tief einsinkt, lacht sie los. Und wegen seines ernsten Gesichtsausdrucks, wegen dieses Zimmers mit all den Büchern lacht sie weiter, das Bett schwingt sachte unter ihrem Körper. Aufhören denkt sie, schlägt die Hände vors Gesicht und drückt die Ellbogen in den Bauch, doch der Lachanfall hält an.

Sie zieht die Unterlippe ein, preßt den Mund zu und richtet sich auf, um sich zu beruhigen. Ohne den Anflug eines Lächelns sitzt er auf dem einen Stuhl, Beine untergeschlagen, Ellbogen seitlich auf die Schreibtischplatte gestützt, und begutachtet sie wie eine Kuriosität. Den Kugelschreiber dreht und wendet er wie einen Majorettenstab zwischen seinen Fingern und hört erst damit auf, als sie auf das Kunststückchen starrt.

-Ich lese nicht, sagt sie aus heiterem Himmel.

-Können Sie nicht lesen? fragt er mit engherzigem Lächeln.

-Bücher! Ich lese keine Bücher, betont sie jedes einzelne Wort.

-Tageszeitung? Zeitschriften?

Sie nickt.

-Ich habe nur ein Glas hier oben. Er zeigt auf die Weinflasche und steht auf. Sie wagt nicht zu sagen, daß sie keinen Alkohol trinkt. Nicht lesen, nicht trinken, nurs Brotkörbchen klauen.

Diebisch jagen ihre Augen durch das Zimmer, als er sie alleine läßt. Sie stützt die Hände auf der Bettdecke auf, dreht den Kopf nach allen Seiten, blickt über ihre Schulter. Sie spreizt die Beine und schaut unters Bett. Das ist wie einem in die Hose schauen, denkt sie, fassungslos über ihre Schamlosigkeit.

-Sie halten sich also vorwiegend in diesem Zimmer auf, sagt sie, als er mit zwei Weingläsern in der Tür erscheint. Es gefällt mir..., Ihr Zimmer, setzt sie nach.

Er drückt ihr das Glas in die Hand und schenkt ein.

-Mein Brotkorb scheint Ihnen auch zu gefallen.

Kim schaut auf die langen mageren Beine, die in Jeans stecken, auf die Schnalle seines Ledergürtels.

-Ich wohne dort. Sie zeigt auf die Bücherwand, hinter der sie ihr Haus vermutet.

-Kaum, Sie wohnen dort, sagt er, mit dem halbvollen Glas auf die gegenüberliegende Wand weisend.

-In einem Zimmer kann ich mich nicht orientieren, rechtfertigt Kim sich prompt, draußen finde ich mich zurecht. Er findet mich dumm, denkt sie, als sie am Wein nippt.

-Schmeckt gut!

-Chateau Margaux, Jahrgang 97, nichts Besonderes. Ich habe keinen Gast erwartet!

Ein Lächeln zieht seinen linken Mundwinkel aufwärts. Schweigend leeren sie die Gläser, er sitzt auf seinem Stuhl und sieht hin und wieder zu ihr hinüber. Kim schaut auf den Teppich zwischen ihren gespreizten Zehen, damit er sie ansehen kann.

-Was bedeuten diese Buchstaben, fragt sie, den Finger auf das aufgeschlagene Heft zu ihren Füßen tippend.

-Das ist Griechisch.

-Sie reden griechisch? Jetzt lacht er, weil ihre Frage nach *Sie können fliegen?* klingt.

-Das Wort unter Ihrem Zeigefinger liest sich Xeni und ist abgeleitet von Xenos, das bedeutet Fremder.

-Xenos, wiederholt sie leise und ertappt ihn dabei, wie er sie anstarrt.

-Ich bin nicht so gebildet wie Sie, sagt sie und dreht das Glas, auf dem ihre Finger und Lippen fettige Abdrücke hinterlassen haben, in der Hand. Er schnalzt mit der Zunge und schüttelt den Kopf.

-Xeni bedeutet Fremde.

-Xeni, wiederholt sie.

-In meiner Heimatstadt lebte eine Frau, die sich bloß nach den Dächern über ihrem Kopf orientieren konnte. Wenn sie den Blick vom Himmel löste und wie ein gewöhnlicher Mensch spazierenging, verlief sie sich.

-Wie heißt diese Stadt..., und weshalb erzählen Sie mir das?

-Wegen Ihren Orientierungsschwierigkeiten, deshalb fiel

diese pausenlos lächelnde Frau mir wohl ein.
Kims Frage nach seiner Heimatstadt bleibt unbeantwortet.

Das werkstättliche Gehämmer dringt bis in die Küche, wo Kim am Tisch sitzt und alle beschriebenen Seiten aus dem Spiralblock reißt. Autowäsche, Supermarkt, Bank, Kuchenrezept. I steht für Isabelle und M für Max. Die ersten Seiten sind fortan für Vokabeln reserviert, auf den nächsten Seiten hortet Kim Fremdwörter. Im Laufe der Monate kommen zusammengeflickte Erklärungen hinzu, was Lichtgeschwindigkeit ist, wie Hypnose funktioniert, was Synapsen sind. Max kriegt das Heftchen nicht zu Gesicht.

Justin log, als er sagte, daß er keinen Gast erwartet habe. Die unberührten Brote haben sich als Lockvogel bewährt. Ihre Unsicherheit gefiel ihm, die Art und Weise, wie sie die Hände vors Gesicht schlug, um zu lachen.

-Ich sage Ihnen, wie ich heiße...
-...
-Wollen Sie überhaupt wissen, wie ich heiße? fragt Kim in aufmüpfigem Tonfall.
-Sie fordern mich ja förmlich dazu auf, Ihren Namen wissen zu wollen! Kim schaut ihn an, verständnislos.
-Wie meinen Sie das?
-Sie erwarten, daß ich Ihren Namen wissen will!
Schon wieder reißt sie die Augen auf, das macht sie immer, wenn sie sich über etwas im Unklaren ist. Blickt dann mit leicht vorgeschobener Unterlippe an ihm vorbei zum Fenster hinaus.
-Wie heißen Sie?
-Kim, murmelt sie und schaut gelangweilt auf die Bücherwand.
-Ich heiße Justin, sagt er und bringt sie wieder zum Lächeln.
-Mein Mädchenname ist Frank, nun heiße ich Minelli, Kim Minelli.

-Lösen Sie Ihr Haar!

-Was! entfährt ihr ein kleiner Schrei. Sie schlägt die Finger vor den Mund, doch hinter der Hand verziehen ihre Augen sich zu Schlitzen. Aber Justin wiederholt seinen Wunsch nicht, und ihr ist bereits zumute, als hätte sie seine letzten Worte nie gehört.

-Sagen Sie das noch einmal?

-Wollen Sie es noch einmal hören?

-Ja, flüstert sie mit rotem Gesicht.

-Lösen Sie Ihr Haar, betont er nun eingehend langsam jedes Wort.

Die Eskimofrau greift nach dem Zopf auf ihrem Rücken und als sie die Arme hochhält, sieht er die dunkle Behaarung in ihren Achselhöhlen. Sie beugt den Kopf, streift das Gummiband ab. Mit geübten Griffen löst sie die Flechten und zieht das Haar wie einen dunklen Fächer über Nacken und Schultern. Dann legt sie die Hände in den Schoß. Ein Stuhlbein knarrt, draußen ist es vollkommen still.

-Schauen Sie mich an!

-Nein.

Er redet, als stecke ihr Haar immer noch im Zopf und langsam übersteigt ihr Eindruck, wie ein Einfaltspinsel auf der Bettkante zu hocken, ihr Schamgefühl. Beklommen hebt sie den Kopf.

-*A Streetcar Named Desire?*

Nein, diesen Film kennt sie nicht.

-Mit Marlon Brando, der so verteufelt gut ausschaut, daß man den Blick nicht von seinen Gesichtszügen lösen kann. *I have always depended on the kindness of strangers,* zitiert er.

-Von Tennessee Williams, fügt er noch wegen ihrer weit aufgerissenen Augen hinzu, der Satz stammt aus dem Film, ursprünglich aus einem Theaterstück.

-I have always depended on the kindness of strangers, wiederholt Kim. Tennessee?

-Williams, Tennessee Williams, ergänzt Justin und schaut in

das Gesicht, das mit losgelöstem Haar ganz anders ist. Die
Hände liegen immer noch in ihrem Schoß.

Intuitiv stellen Fremde sich aufeinander ein. Tritt ein Unbekannter einem so nah, daß man seinen Atem riecht, setzt
die Intimität zu früh ein. Schlägt die Person einem beim
Einreden auch noch vertraulich mit dem Handrücken auf
Ober- und Unterarm, dann ist dies vorzeitige Vertraulichkeit.
Justin hat Psychologie und Journalismus studiert. Zur Zeit
verdient er seinen Lebensunterhalt damit, der Leserschaft
eines Männermagazins, die sich größtenteils aus Homo-
sexuellen zusammensetzt, Ratschläge zu erteilen. Seine
„Sorgedichnichtlebe-Spalte" hat den Umsatz des Magazins
in kurzer Zeit drastisch gesteigert.
Wenn die Eskimofrau in seinem Allzweckzimmer sitzt, hält
er die drei, vier Meter Distanz zu ihr absichtlich ein, damit
sich keine Vertraulichkeit zwischen ihnen entwickelt.
Wenn sie geht, beseitigt er ihr Glas. Den Teppich, auf dem
sie mit den Füßen scharrt, wenn sie ihm zuhört, schüttelt er
aus. Er will keine Spuren mehr.
Wüstenexistenz, alles Staub und Wind.
Ihre nächtlichen Besuche stören ihn nicht, weil er weiß,
daß einige Worte genügen, um sie zu verscheuchen. Er bestimmt, ob sie wiederkommt oder aus seinen Nächten verschwindet.
Natürlich denkt er sich ihr Kleid weg, wenn er unter der
Bettdecke liegt, sie ist die einzige Frau in seinem Revier. Er
denkt sich ihren kräftigen Körper aus, die festen Schenkel,
den dunklen Schoß. Das Gesicht läßt er weg. Sie ist ihm
nichts, sie ist ihm nichts.

* * *

Ich habe bereits vier Nächte mit ihm verbracht. Ich will
bloß kurz vorbei und bleibe jede Nacht länger. Ich weiß nie

so recht, wann der Zeitpunkt zum Gehen gekommen ist, denn er redet und redet, und wenn ich sage, daß ich ihn nicht länger stören möchte, dann verzieht sein linker Mundwinkel sich nach oben. Oder er steht auf, greift nach einem Buch und liest mir einen Auszug vor. Ich habe Angst, etwas Belangloses dazu zu sagen, deshalb schweige ich. Aber wenn ich wieder unter Maximilians Arm liege, dann wirbeln die Ideen nur so durch meinem Kopf. Ich wünschte, ich könnte Justins Worte, die Sätze, in denen so viele Ideen stecken, wie Wasser trinken. Ich bin es nicht gewohnt, an diese Dinge zu denken. Doch so ganz stimmt das nicht, was ich nicht gewohnt bin, ist, diese Gedanken mit jemandem auszutauschen.

Es steht in Zusammenhang mit den Geistern. Geister sind Ideen und Justins Zimmer ist von Geistern übervölkert. Ich verstehe sie nicht immer, aber plötzlich sehe ich ein, daß es sie geben darf.

-Sie schenken mir meine Geister, habe ich heute nacht zu ihm gesagt. Da hat er mich so merkwürdig angeschaut, mit zusammengezogenen Augenbrauen, doch gesagt hat er nichts. So ist er; er stellt keine Fragen, er nimmt Bücher zur Hand. Ich weiß genau, wo das rote Wörterbuch, wo Dostojewski, Sartre und Lenz stehen. Siegfried Lenz.

Die Biographien stehen auf dem Regal, hinter dem unser Haus liegt, neben den französischen Evergreens. Ich schreibe mir Titel und Namen der Autoren auf, Zola, Sartre, André Gide...

L'étranger aus Camus' Feder, immer wieder kommt das Thema der Fremdheit zwischen uns auf, in zwei Nächten schon.

-Mir macht es keine Angst, daß wir uns fremd sind, habe ich zu ihm gesagt. Gedacht und entdeckt habe ich, kaum waren die Worte aus meinem Mund, daß er mir keineswegs fremd ist, im Gegenteil. Daß ich unsicher bin und mir in seiner Gegenwart einfältig vorkomme, rührt nicht daher, daß wir uns kaum kennen.

Der einzige Grund für meine Unsicherheit ist, daß ich mich ihm nahe fühle, so nahe, daß es mir unheimlich ist. Und seine Angst ist größer als meine.

Was ist in dem kleinen Lederkoffer unter seinem Bett? Welcher Teil von ihm hält sich darin auf?

Jeder fürchtet sich vor irgend etwas, kein Mensch ist ohne Angst. Angst gehört zum Überlebenstrieb.

Auch Tiere haben Angst, Angst, aufgefressen zu werden, deshalb das ganze Getue mit Stacheln, Hörnern, Alarm- und Tarnfarben, Krallen und Zähnen..., um ihrerseits Angst einzujagen.

Einer macht dem andern Angst. Warum das so ist, frage ich ihn. Warum wir nicht einfach gut zueinander sind. Weil man das Paradies dann nicht erfinden könnte, antwortet er. Ich denke über alles nach, was er mir sagt. Daß Tiere Angst vor Tieren haben und daß die Ängste der Menschen Geister sind. Ideen.

Er steht mitten im Zimmer, Wörterbuch in der Armbeuge und liest *Geist: denkendes, erkennendes Bewußtsein des Menschen, im Unterschied zur empfindenden Seele...*

Justins Zimmer ist von Geistern übervölkert.

-Sie haben ein geistreiches Zimmer.

Zum ersten Mal höre ich ihn laut lachen. Er hat nicht das gewöhnliche Lachen drauf, das laute, einstimmige Gesellschaftslachen, das ich von den Männern aus der Werkstatt kenne. Die lachen wie sie reden. Justin lacht und redet anders. Doch vielleicht gibt es zwischen Denkweise und Gelächter gar keinen Zusammenhang. Justin lacht in hellen Tönen, die von meckernden Klängen unterbrochen werden. Irgendwie schockierend.

Sartre sagt, daß Menschen die Hölle sind, nicht etwa ewige Qualen im Fegefeuer und kräftige Tritte von einem Ziegenfuß.

-Nicht alle andern sind die Hölle, entgegne ich. Es gibt auch gute Menschen!

Ich soll mich nicht gleich persönlich angegriffen fühlen, sagt Justin und hält mich mit seinen Augen im Zaum, wir redeten bloß über Geister.

-Wozu lebt man denn überhaupt, fahre ich nun schwerste Geschütze auf. Und die Hölle, sage ich auch noch laut, die Hölle ist in uns selbst und nirgendwo anders!

Ich weiß gar nicht, wo dieser Gedanke herkommt, aber nun ist er raus und Justin sieht mich verblüfft an. In diesem Moment beginne ich zu verstehen, daß etwas Gutes zwischen uns passiert.

Seit ich vierzehn bin, weiß mein Mann alles über mich, zwischen uns gab es nie Geheimnisse. Ein einziges Mal will ich keine Rechenschaft ablegen, meine Nächte gehören mir. Max ist mit dem Alltag verknüpft, er braucht keine Geister. Ihn interessiert nicht, was Tennessee Williams oder Philipp Roth sagen.

-Max hält mein Leben fest, er ist ein tüchtiger Mensch, großzügig und gut.

-Aber den Geistern, sagt Justin, kann man nicht davonlaufen, sie gehören uns nicht.

-Und Menschsein, reibe ich ihm prompt unter die Nase, heißt unter Menschen sein, man ist doch kein Heiliger oder Weiser. Oder sind Sie ein Weiser?

Darüber lacht er, aber wenn ich seine Zurückgezogenheit erwähne, erkenne ich sein Gesicht nicht wieder. Ich möchte über seinen wirren Haarschopf streichen, aber wer bin ich, um ihn zu trösten. Ich kenne sein Leid nicht. Justin ist ein Verschlossener, wie sein Haus. Schön und verwildert.

Vielleicht sage ich ihm einmal, daß er mein Leben größer macht.

Zu meinem Mann kehre ich immer zurück, ich bin ihm die Frau, die er kennt und die er braucht. Meine Geister sollen ihn nie verunsichern.

* * *

Kim steht mit dem Schneebesen am Küchenherd. Es ist Sommer.
-Wir haben schon August, sagt sie.
-O du lieber Augustin, alles ist hin, singt Max hinter vorgehaltener Zeitung.
Kim legt den Schneebesen beiseite und setzt sich auf seinen Schoß. Max streichelt ihre Schenkel und beißt durch den dünnen Baumwollstoff in ihre Brust.
Später. Kim liegt mit ausgestreckten Gliedern auf der Bettdecke, sonnenbeschienen. Max zieht den Reißverschluß hoch.

Gegen elf klingelt es. Kim öffnet die Haustür und schaut erstaunt auf den Blumenstrauß, auf Wolters weißen Lieferwagen auf dem Bordstein.
Lächelnd drückt Wolter Kim den Strauß in die Arme. Mit seinem fleischroten Gesicht sieht er wie ein Metzger in der Schlachtabteilung, nicht aber wie ein Gärtner aus. Die vorstehenden Schneidezähne drücken seine Oberlippe hoch, seine Fahne ist jedem im Dorf bekannt.
-Ach, staunt Kim, Blumen?
Ihr ist von der Überraschung speiübel geworden, nun lehnt sie am Spülbecken.
So sehr sie Justin in den Nächten braucht, so unerwünscht ist ihr seine Gegenwart am Tag. Einen Augenblick befürchtete sie, die Blumen... Wie töricht sie doch ist, und gar nicht so unschuldig, wie sie sein möchte.
Die Rosen wie ein Stück Parkanlage auf dem Küchentisch. Sie hat keine große Vase, Max hat ihr noch nie Blumen geschenkt.
-Verlegenheit macht dich noch schöner, neckt Maximilian seine Frau, als sie nach seiner verschmutzten Hand greift und sie drückt.
-Seit einer Ewigkeit verheiratet und immer noch verlegen, grinst Bob, Max' Lehrling, und klappt den Schirm seiner Kappla-Mütze hoch.

-Da staunst du, was, lacht Max und klappt den Schirm wieder herunter, Frauen muß man hin und wieder überraschen, damit sie sich nicht langweilen!

Kim ist fröhlicher. Wenn Max nach Hause kommt, findet er sie mit einem Buch vor. Ihr Bauch ist braungebrannt, weil sie stundenlang auf dem Liegestuhl in der Sonne liegt, droben im Garten. Manchmal muß er zwei-, dreimal nach ihr rufen, bevor sie ihn hört. Meistens bleibt sie dann liegen, schirmt ihr Gesicht mit dem Buch ab und winkt ihm zu. Er kann nichts sagen, denn sie ist gewissenhaft wie immer. Das Essen steht pünktlich für ihn bereit, ihre Fürsorge für ihn und das Haus läßt in nichts nach, aber Max ist es nicht gewohnt, seine Frau zu teilen. Ihre frisch ausgebrochene Fröhlichkeit hat nichts mit ihm zu tun. Er gönnt ihr doch alles, aber daß Bücher sie verändern, das kränkt seinen Stolz. Täglich hat er das Bedürfnis, sie zu lieben, und das hat nicht nur mit Lust zu tun. Wenn er in ihr ist, ist sie nicht in einem Buch. Bücher sind Fremde für Max.
-Sonst hast du doch nie gelesen!
-Jetzt lese ich, antwortet seine Frau.
-Wo hast du die Bücher her? Sie liest englische, deutsche und französische Bücher, Max spricht kein Englisch.
-Aus den Kartons auf dem Speicher.
Kim belügt ihren Mann. Auf dem Speicher steht tatsächlich eine Ansammlung von Büchern. Sie zählt Justin einige Titel davon auf, da lacht er spöttisch und sagt, daß das Dreigroschenromane sind. So etwas braucht man nicht zu lesen.
Kim weiß, daß sie mit der Wahrheit Unheil anrichten würde. Notlügen.
-*Lüge aus Höflichkeit, um den andern nicht zu kränken*, liest Justin aus dem roten Buch vor.
Nicht, daß er nicht wüßte, was Notlügen, Geister und andere Begriffe bedeuten, aber er schlägt gerne Bücher auf.
Kim liest nicht mehr in Max' Gegenwart, als sie merkt, daß es ihn verunsichert. Max hat Angst vor Veränderungen, Kim

44

sieht es der steif eingeklappten Haltung seiner Schultern an. Sie erträgt es nicht, ihren Mann zu kränken, sie kennt seine Kindheit und seine Ängste, sie weiß, er braucht sie. Notlügen.

Die Lügen verändern ihr Leben, aber weil ein großer Teil von ihr an diesem neuen Leben hängt, kann sie es nicht lassen. Sie vermeidet es, darüber nachzudenken.

-Sagen Sie Ihrem Mann eigentlich, wo sie die Bücher herhaben, fragt Justin in lauerndem Tonfall.
-Es gibt Sie, Justin, nur in meinen Nächten, sagt sie, erklärend.
-Damit kann ich leben, lächelt er ihre Verlegenheit weg.
-Bedeute ich Ihnen überhaupt etwas? bricht es daraufhin aus ihr heraus, und weil sie weiß, daß er nicht antworten wird, greift sie ihn im gleichen Atemzug an, daß er nur Worte aus Büchern mag, im Leben ist er stumm. Sie nimmt sich plötzlich das Recht zu schreien, die Nachtfrau. Verwundert, mit schiefem Kopf und schiefen Lächeln schaut er sie über die übliche Entfernung hin an, schaut auf die Bettdecke, auf der sie immer sitzt.
-Ich war nicht immer so.

In dieser Nacht nimmt sie sich auch das Recht zu weinen. Sie weint, weil sie auf seine Geister, die er so eigensüchtig für sich behält, eifersüchtig ist. Daß nichts, absolut nichts, sie dazu berechtigt, auf sein Leben neugierig zu sein, darüber weint sie erst recht. Er geht nicht darauf ein. Ein Mann aus Granit, so sitzt er auf seinem Stuhl, nur das knarrende Stuhlbein vermittelt sein Unbehagen. Das ist ihr recht!
Sie weint nicht so, daß man sie trösten müßte, es ist ein wütendes Weinen mit mürrisch vorgeschobener Unterlippe.
-Ich weine nie, blafft sie und fragt nach dem Küchenpapier auf seinem Schreibtisch. Er reißt ein Blatt von der Rolle, steht auf und legt es ihr auf den Schoß. Ohne sie eines weiteren Blickes zu würdigen, blättert Justin in der Tageszeitung.

-Ich will Sie nicht mehr stören, sagt Kim kleinlaut.
-Ich weiß, entläßt er sie.

Wenn Kim in Justins Büchern forscht, sucht sie den hinteren Teil des Gartens auf. Von hier aus hat sie eine freie Sicht auf den grünbewachsenen Hausgiebel, hinter dem er zu dieser Zeit schläft.
-Ihre Bücher erinnern mich an Prostituierte!
-An Prostituierte?
-Verhunzt, verlebt, schm...
-Und Sie kriegen nicht genug davon, unterbricht er ihre Tirade.
-Was stellen Sie bloß mit Ihren Büchern an, ich meine, wieso sehen sie so aus?
-Wüstes Nachtleben nehme ich an.
Die Ränder sind vollgeschrieben mit Notizen, und Kim verbringt beinahe mehr Zeit mit dem Entziffern von Justins krakeliger Handschrift als mit der Lektüre.
Die rötlichen Glasränder, Fingerabdrücke, neulich ein Klecks Tomatensauce, alles Spuren von ihm. Soll er stumm sein!

Und Justin sieht, wie die Eskimofrau auflebt. Sie wird munter, schreit ihn an, reißt die Augen auf und neulich weinte sie. So viel Leben paßt nicht in seine Nächte. Warum hat er das Haus verkauft und Portugal verlassen, wenn das Leben ihn nun wieder einholt. Die Frau macht seine Pläne vom Wüstenleben zunichte. Aalglatt wie ein Fisch will er sein, alles flutscht an ihm vorbei und nichts hält ihn fest.
Als er Queen auflegte und laut *I want to break free* mitsang, geriet sie aus dem Häuschen.
-Ihre Freiheit ist schiere Einsamkeit, brauste sie auf. Was soll diese..., diese kindische Verherrlichung der Freiheit?
-Einsame Menschen verlieren niemanden!
-Mit dieser stoischen Luzidität allein lebt es sich nicht!
Wo sie diesen Ausdruck bloß herhabe, fragt Justin und

nimmt einen tiefen Atemzug, um nicht in Gelächter auszubrechen.

-Aus Umberto Ecos *Foucaultschem Pendel*, bellt sie, weil er diese spöttische Haltung zu Markte trägt. Das mit der stoischen Luzidität habe sie nachgeschlagen, das verstehe sie, jawohl. Und läßt *stoische Luzidität* wiederholt in ihren Wortschatz tropfen, genüßlich und trotzig.

-Ich bin ja überhaupt so ungebildet, so maßlos dumm... Sie hält den Finger mahnend vor ihr großes Gesicht und sagt ihm auf, was in Pablo Nerudas Biographie über die Einsamkeit steht: *Die Einsamkeit [...] war vielmehr etwas Hartes wie die Wand eines Gefängnisses, an der du dir den Schädel einrennen kannst, ohne daß dir jemand zur Hilfe eilt, du magst noch so schreien und weinen.*

Sie redet sich immer gleich in Eifer, schießt Pfeile auf seine Stellungnahme ab und reibt ihm ihre eigenen Ansichten unter die Nase, mit diesem mahnenden Zeigefinger, schön in ihrer Wut, schön mit ihrem aufgelösten Haar.

Er nimmt ihr die Illusionen nicht, sagt ihr nicht, daß er sich ausgeweint und ausgeschrien hat und daß es ihm gleichgültig ist, ob er in einer Gefängniszelle oder auf einem südfranzösischen Dorfplatz unter Platanen sitzt. Seine Einsamkeit ist zu groß für sie. Die Einsamkeit in einer Gefängniszelle kommt von Außen nach Innen, Justins Einsamkeit geht von Innen nach Außen. Dort rammt die Eskimofrau ihren Dickschädel hinein.

Die Bücher verschlingt sie wie ein weißer Hai. Jede zweite oder dritte Nacht fordert sie ein anderes.

-Reden Sie mich bloß nie mit meinem Namen an, sagt sie, wenn er die Stimme hebt, damit sie ihn beim Zuhören ansieht.

-...

-Sie sind mir so Einer!

-Was bin ich für Einer?

-Ein vorsichtiger Nehmer!

-...

-Erheben Sie nie Anspruch auf Glück?

-Glück? Mir geht es doch gut!

-Und Ihre Einsamkeit?

-Mir geht es gut!

-Aber Sie leben nur nachts! Sie verweigern den Tag, fehlt Ihnen das... Licht denn nicht?

-Es stört mich beim Schlafen... Nein... Ich mag meine Nächte.

-Nihilist! Sie sind ein Nihilist!

-Sie sind Nihilist, verbessert Justin sie.

-Ich nicht, Sie!

-Ich glaube an das, was ich weiß. Ich weiß, daß ich nachts esse, lese und schreibe.

-Sind Sie manchmal glücklich?

-Glück ist nur ein Gefühl unter tausend anderen.

-Glück ist etwas Kitschiges, nicht wahr, etwas für Frauen, wie Stricknadeln und Küchenrezepte. Er meckert vor Lachen. Euch darf man nicht mit Glück auf den Leib rücken. Geht Ihnen denn gar nichts unter die Haut?

-Sie sind mir auch so eine, eine hartnäckige Bohrerin! Denken, philosophieren, Philosophieren entstammt der Sehnsucht nach dem Glück, diese Idee ist nicht von mir..., und Sie, alles, was außerhalb ist, wollen Sie an Ihr kleines Herz nehmen! Es herzen, drücken, Glück tröpfchenweise einflößen. Kam Ihnen noch nie der Gedanke, daß Glück langweilig ist?

-Langweilig, fragt sie erschrocken, dazu dauert es nicht lang genug.

-Genau!

-Ich verstehe nicht.

-Ich weiß.

Es dauert eine Weile, bis Kim klar wird, daß die beiden Männer in ihrem Leben etwas gemeinsam haben. Es hat mit Angst zu tun, Angst vor Verlust.

Justin meidet den Tag, die Nächte kann er kneten und

weichklopfen, niemand pfuscht ihm ins Handwerk. Neulich spielte er ihr ein Lied von Fredie Mercury vor und sang mit vorgestreckter Brust mit, als befinde er sich auf einem Kreuzzug für die Freiheit.

Zu Hause schildert Kim ihrem Mann ihr Entsetzen über die Frau, die in der Bäckerei so sehr in Wut geriet, daß sie mit Brötchen um sich warf. Bloß weil Dana ihr das Kleingeld falsch zurückgab.
-Jede Scheiße, brüllte sie mit vulgärer Stimme und spuckte Speichelbläschen auf die gläserne Theke, jede Scheiße müsse sie sich gefallen lassen. Brüllte also ihren Ekel hinaus, während Kim betroffen auf die Brote schaute, auch Dana rührte sich nicht. Daß dieses Land in Saus und Braus lebe, sie aber schicke man mit ihren Kindern zurück in ihr serbisches Dorf. Dann warf sie mit einem Brötchen nach Dana, noch eins, schlug die Papiertüte von der Theke und rannte hinaus. Dana zitterte, als sie das Mehl von ihrem Oberarm wischte.
Kim regt sich zu Hause auf, sie verstehe ja das Leid dieser Frau, aber daß sie sich so rabiat aufführe!
Max sagt ihr ganz sanft, daß er nicht glaubt, daß sie dieses Leid versteht, und daß dieser Ausbruch ein genauso starkes Gegengefühl hat. Er redet wieder vom Heim, daß die schwarzen Schafe auch die sanftesten sind, und daß jeder Faustschlag ein verzweifelter Schrei nach Liebe ist.
Alles hat seinen Gegensatz und ist sich in seiner Intensität gleich.
Justin ist genauso ein Waisenkind wie Maximilian.

* * *

Ich bin zwei Frauen, eine Tagfrau und eine Nachtfrau. Nachts denke ich nicht an den Tag, aber ich beginne, tagsüber an meine Nächte zu denken. Die Nächte werden übergewichtig, nicht weil die Tage mit meinem Mann an Bedeutung verlieren, das tun sie nicht. Aber mich überwältigen Schuldgefühle.

Ich fürchte mich vor dem Morgengrauen, wenn ich mich neben Max ins Bett lege, sein Vertrauen schneidet mir ins Herz. Ich werde nie aufhören, seine Frau zu sein, ich lebe für ihn mit. Doch das bißchen Leben, das ich für mich allein beanspruche, steht mir nicht zu.

Mein Leben ist plötzlich zweigleisig und die Schuldgefühle hauen mich um.

Ich begehe geistigen Ehebruch.

Die Nächte mit Justin retten mich, doch das darf ich nicht annehmen. Schon wieder so ein Gegensatz!

Seltsam, daß ich meinen Mann erneut zu lieben beginne, ohne damit aufgehört zu haben. Sein ergrauter Wirbel, die Bedächtigkeit, mit der er an allem herumflickt, manchmal ist mir, als sähe ich alles zum ersten Mal.

Andere Frauen haben es gut, die kriegen Kinder, da ist kein Platz für Geister.

-*Die innere Beziehung des Täters zu seiner Tat,* habe ich Justin gestern aus dem roten Buch vorgelesen. Schuld. Ich sagte ihm, daß ich ihn einstweilen nicht mehr besuchen kann.

Doch auch ohne die Besuche ist es zu spät, ich bin längst zwei Frauen.

In der ersten Nacht ohne Kim überfällt ihn Heiterkeit. Er ist losgelöst, vermißt sie nicht. Sich an nichts hängen, bringt Schwerelosigkeit mit sich. Doch als die Tage vergehen und sie nicht wiederkommt, kann er nicht mehr schreiben.

Als sie *Schuld* im Wörterbuch nachblätterte, und das Wort wie einen großen Obstkern ausspuckte, weitete sich ein Gefühl in ihm aus. Erstaunt ließ er es geschehen.

Seit dem Unglück in Portugal war der Schmerz Diktator all seiner Gefühle. Gemeinsam mit der Zeit, Justins Gehilfe, finden sie ihn, den mentalen Schalter, der den Schmerz ausschaltet. Doch die Auswirkungen sind genauso verhee-

rend wie die einer geistigen Chemotherapie. Die Maschinerie ist nicht selektiv, sie tötet gleich mal alle Gefühle ab.
Als die Eskimofrau auf der Bettdecke von Schuld redet und das Buch auf ihrem Schoß malträtiert, gelingt es seit langem wieder einem Gefühl, Justin zu überraschen. Er steht auf und legt die drei, vier Meter zum Bett unvorsichtig zurück. Dort kniet er zwischen ihren Beinen nieder und nimmt ihre nervösen Finger in seine Hände. Sie macht Fäuste, legt den Kopf in den Nacken und kneift Augen und Lippen zusammen. Justin sieht unter ihr Kinn, auf das weiche Fleisch, das sich über dem gebogenen Knochen spannt. Er wußte, daß sie sich ihm verweigern würde, nun weiß sie es auch.
Als sie sich aus ihrer Haltung löst, sitzt er wieder an seinem Platz. Ein Mann mit weißer, unbehaarter Brust, wirrem Haar und pochendem Glied.
Mise au point. Klarstellung.

Man kann sich einem Mann nicht so nähern und sich ihm dann verweigern. Justin überläßt mir die Entscheidung. Nun sitze ich hier, ohne ihn, und die Schuld wird doch nicht geringer.
-Ich bin kein Mann, der Entscheidungen trifft, sagte Justin gestern nacht, als er wieder an seinem Schreibtisch saß.
-Warum nicht? Ich habe keine Ahnung, wieso ich das so grob herausstieß. Er schüttelte nur beharrlich den Kopf.
-Warum nicht, der aggressive Unterton ging mir selbst gegen den Strich.
-Um keine falsche Entscheidung zu treffen.
-Sie Feigling, schrie ich ihn an.
-Sie wissen gar nichts über mich, sagte er ganz ruhig, wobei er *gar nichts* ausdrücklich betonte.

Der Herbst verstrich, ich streifte rastlos in Haus und Garten umher, spielte Fremdenführerin in der Stadt und jaulte mir die Seele nach Justin aus. In der Zeitung stieß ich auf ein Gedicht: man weiß nicht, was Liebe ist, bevor man ganz verrückt nach ihr wird, wie ein Raubtier auf Beutezug, mit diesem mörderischen Hunger, der einen von innen auffrißt. Hunger frißt mich auf. Wenn ich den Mund öffne und ein Luftzug meine Zähne streift, wachsen sie. Meine Nägel verhärten sich und um meine Brustwarzen herum wachsen Haare.

Wenn ich fernsehe, könnte ich vor Ungeduld schreien. Max macht sich Sorgen um mich, weil ich abends wieder mit dem Haushalt beginne. Ich nehme Hemden aus dem Schrank und bügele sie noch einmal, zum ersten Mal in meinem Leben bin ich unvorsichtig. Mein Unterleib schmerzt, der Arzt verschreibt mir Antibiotika gegen die Infektionen. Max hält mich in seinen Armen, wenn ich hemmungslos weine. Er ist unglücklich in seiner Hilflosigkeit, ich will ihm helfen, doch meine Schwäche mischt sich ein und überwältigt uns beide.

Isabelle tröstet meinen Mann, beruhigt ihn. Sie redet von Hormonen, von Freundinnen aus dem Reitstall, denen das Gleiche widerfährt. Sie nennt es „Frauengeschichten", und daß sie die Männer davon ausschließt, beruhigt meinen Mann.

Alles in meinem dummen Leben hat sich verdoppelt, die Anzahl der Männer, die Quantität der Liebe, der Schmerz. Sogar die Glücksspannen sind in dieser verwunschenen Zeit intensiver. Ein rostiger Dosenöffner treibt mir Tränen in die Augen, doch nur wenige Minuten später schreie ich vor Lachen über Werkstattwitze... Was sie denn über den Rinderwahn denke, fragt eine Kuh die andere, und die erwidert, daß es sie nicht kümmere, weil sie ein Hubschrauber sei. Dann heule ich, so kennen unsere Freunde mich nicht. Sie verwöhnen Max und mich mit ihren Besuchen und Telefonanrufen. Das vergeht schon wieder, beruhige ich jederman, und weil ich zwischendurch immer wieder lache, verläßt uns der Mut nicht.

Es wird Winter, bevor ich einen Entschluß fasse, von dem

ich mir erhoffe, daß es uns allen besser geht. Justin bleibt mit abgewandtem Rücken am Schreibtisch sitzen, als ich wieder in seinem Zimmer auftauche.

Die Eskimofrau preßt ihren Körper an Justins schmalen Rücken und drückt ihm Unterleib, Bauch und Brust gegen die Wirbelsäule. Ihre Hände gleiten unter seinen Achselhöhlen hindurch auf die magere Brust. Das Hemd offen, wie sie es von ihm kennt, auch das Fenster, trotz des Schnees. Ein elektrischer Heizkörper neben dem Schreibtisch. In den ersten Sekunden sind die Laken auf ihrer erhitzten Haut eiskalt. So entstehen Gewitter.

Februarschnee. Gestern fielen die ersten Flocken, polsterten das Dorf mit Stille aus. Max stapft in Gummistiefeln in die Werkstatt, die uralte Strickmütze über den Ohren aufgerollt. Kim denkt sich, daß alles so ist, wie es sein muß.
In Wirklichkeit geschieht Wahrheit, die Lügen sind Schatzmeister.
Ein Kreter sagt, daß alle Kreter lügen, Kim sagt, daß sie Maximilian wegen Justin aufrichtiger liebt, Justin sagt Kim, daß sie ihm das Tageslicht und all die anderen Menschen ersetzt. Wahrheiten verschieben sich.
Justin sagt auch, daß in der Wüste keine Geister sind. Jetzt schreibt er wieder.

* * *

Max hämmert in der Werkstatt, Kim bringt ihm Kaffee, die Brötchen hat sie im Ofen aufgewärmt. Wegen des Schnees. Max mag es, wenn die Kruste braun und knusprig ist, der Käse schmilzt, die Tomatenscheiben sind lauwarm.
Max' Schritte haben den Schnee graugedrückt. Kim denkt an ihre Spuren in der Nacht, an die Schritte der Nachtfrau, doch seit ihrem Entschluß stellt sich keine Angst mehr ein, nur die Erinnerung an ihre Gespräche mit Justin.

Gierig verschlingt sie seine Stimme, als er Robert Walser zitiert:

Es taumelt so weh, hinunter vom Himmel (...)
Es schneit, es schneit, bedeckt die Erde
mit weißer Beschwerde, so weit, so weit.

Robert Walser starb auf einem Spaziergang im Schnee. Heute morgen, als sie mit der Thermosflasche und den warmen Brötchen in die Werkstatt stapft, merkt sie, daß sie den Schnee nun mit neuen Augen sieht. Walsers Worte haben den Schnee auf ewig für sie verändert. Er ist weißer geworden, er stimmt sie bedächtig.

Als Max ins Brot beißt, liegt ihre Hand auf seiner Wange. Dann kriegt er diesen kindlichen Ausdruck ins Gesicht und sie ist sekundenlang Mutter.

Jemand schlägt dermaßen auf die Haustür ein, daß Kim hochschreckt und das Buch auf den Teppich fallen läßt. Dreiviertel vier, ein trüber Nachmittag, an dem es ununterbrochen regnet. Als Kim die Tür schließlich ungeduldig aufreißt, wird sie beiseite gestoßen, ein aufgebrachter Mann stürmt an ihr vorbei in den Flur. Und mitten im Flur bleibt er stehen, als halte eine unsichtbare Wand ihn auf, seine vorquellenden Augäpfel schießen unentwegt von rechts nach links, zu schnell, um überhaupt etwas ins Auge zu fassen. Er steht dort, Isabelles Franzose, mit geballten Fäusten und vorgeschobenem Kinn. Hechelt wie ein Tier.

-Wo ist sie? faucht er.

Im Wahnsinn sehen die Augen der Menschen sich ähnlich, Wahnsinn hat seinen eigenen Ausdruck.

Kim war diesem verrückten Blick schon einmal in der Türkei begegnet. Sie saß mit Max in einer Bar, neben ihnen lachte eine junge Frau über das Gerede eines dunkelhaarigen Mannes. Als er den Arm um ihre Schultern legen wollte und sie ihn abwies, brach sein Wahnsinn aus. Er stieß das Mädchen brutal von sich und schrie hysterisch, daß er aus dem Krieg komme, aus Armenien, er besitze Handgranaten, und gestern habe er noch getötet, ja, brüllte er, getötet, und diese Hure erlaube es sich, ihn abzuweisen, er trage Handgranaten bei sich, er könne töten oder ficken, wie und wo es ihm beliebe, töten könne er...

Die Männer hinter der Theke behielten die Ruhe und verrichteten ihre Arbeit, als rede er über Dosengemüse. Er zückte ein Messer und zerstückelte die Luft vor dem Gesicht der Frau, die wie angenagelt auf dem Barhocker saß und ihn anstarrte.

Er blieb allein mit seinem Wahnsinn. Und hatte den gleichen Ausdruck in den Augen wie der Mann, der nun in Kims Flur steht, in einem verkrampften Körper, den der Wahnsinn vom Gehirn aus steuert. Kim verhält sich genauso ruhig wie die Männer in der Bar, als sie mit gleichgültiger Stimme sagt, daß sie nicht weiß, wo Isabelle steckt. Sie schickt ihn zu Max in die Werkstatt, dort kann man ihm bestimmt Auskunft geben. Mißtrauisch blickt Jean sie an, seine Pupillen verschwinden in den Augenwinkeln. Schlägt ihr mit dem flachen Arm in die Magengrube und stürmt zur Tür hinaus. Kim schließt die Tür hinter ihm ab, zittert nun am ganzen Körper. Als Bob den Hörer in der Werkstatt abnimmt, hört Kim Scheppern und Schreie im Hintergrund.

-Ruf einen Krankenwagen, sagt Bob und legt auf.

-Es ist nichts passiert, beruhigt Max sie, als sie in die Garage stürmt. Der kleine, hagere Mann liegt auf dem Boden mit Schaum vor dem Mund, mit verrenkten Händen und steif ausgestreckten Fingern.

-Liebe, stöhnt Bob, als der Krankenwagen im Regen verschwindet.

-Mit Liebe hat das nichts zu tun, sagt Max.

Isabelle ist nirgendwo aufzutreiben.

-Wahnsinn ist gleich Geisteskrankheit, geistige Umnachtung, liest Kim.

-Schlag mal bei Epilepsie nach, rät Justin ihr.

-Fallsucht. Sucht..., krankhaft gesteigertes Bedürfnis.

Etwas liegt in der Luft und es ist klar, daß es nicht verheißungsvoll ist.

Kim steht tausend Ängste um ihre Freundin aus. Sie ist ver-
schwunden, nicht einmal die Schlüssel hat sie mitgenom-
men. Kim findet sie an ihrem gewohnten Platz und ver-
schließt das leerstehende Haus. Jean ist im Krankenhaus,
der Teufel weiß, wo Isabelle steckt. Gestern abend berich-
tete der Nachrichtensprecher, daß in Liège eine Frau ermordet aufgefunden worden sei, einen Atemzug später
kündigte er fröhlich den Wetterbericht an.
-Entlassen müßte man den, blafft Kim.
-Wir sind in Luxemburg, nicht in Belgien, versucht Max sie
zu beruhigen, doch er geht in den Reitstall und fragt alle
Freunde und Bekannte nach Isabelles Verbleiben aus. Alle
machen sich Sorgen.
Am schlimmsten steht es um Pascal. Er sitzt bei Kim und
Max in der Küche und stochert lustlos im Essen.
-Wenn Jean Isabelle getötet hätte, hätte er Kim doch nicht
gefragt, wo sie ist!
Max meint es gut, doch Pascal springt, die Hand vor dem
Mund, vom Stuhl hoch, stürzt zum Zimmer hinaus und er-
bricht sich in der Diele.
-Am Dienstag hab ich sie zum letzten Mal gesehen, weint er.
Sie hatte Jean unser Verhältnis gebeichtet und scherzte
noch, daß er es beunruhigend ruhig aufgenommen habe, er
habe auf der Couch gesessen und bloß genickt.

Justin weiß von Wahnsinnigen zu berichten, die Blackouts
haben und Taten begehen, an die sie sich später nicht mehr
erinnern. Doch das menschliche Gehirn ist eigensinnig und
Wahnsinn ist nicht so leicht zu erforschen wie die Dynamik
in einem Ameisenbau.
Kim weiß, daß Jean vor Jahren einen Autounfall hatte, eine
Stirnhälfte wurde dabei eingedrückt, das Gehirn beschä-
digt. Er lag tagelang im Koma. Justin tippt auf einen chro-

nischen Hirnschaden. Daß Jean Prozak schluckt und Isabelle nie anfaßt, das erzählt Kim Justin, verheimlicht es aber dem kalkweißen Mann, der bei ihr zu Hause am Küchentisch sitzt.

Pascal läßt sich beurlauben, dauernd sieht man ihn um den Reitstall und um Isabelles Haus herumstreichen. Er ist es auch, der ihren erdrosselten Schäferhund im Garten entdeckt.

Isabelles Verschwinden schweißt die Dorfbewohner zusammen. Die Reitschüler gehen in der Werkstatt, die sich zum allgemeinen Treffpunkt entwickelt, ein und aus. Auch der Kriminalbeamte, ein freundlicher Mann in Zivil, findet sich dort ein, während der städtische Dienst den Hund beseitigt. Boy wird in eine schwarze Plastikfolie gesteckt und von zwei Männern in einen Dienstwagen mit roter Aufschrift verfrachtet.

Niemand hat meine Freundin ermordet, das ist das Gute an der Geschichte. Kurz nachdem sie das Hotel in der Stadt verläßt und nach Hause zurückkehrt, zieht Pascal bei ihr ein. Auch das ist gut. Denn Isabelle leidet neuerdings an Angstzuständen und will nicht alleine sein.

Doch die Briefe in den giftgrünen Umschlägen, die an Max adressiert im Briefkasten liegen, das ist der Anfang vom Ende einer Geschichte, die so nicht weiterlaufen kann.

ZWEITER TEIL

Schon kommt der Morgen nach den Scheiben zielen;
die ersten Speere stecken in den Dielen
hell, wie sie just durchs fahle Fenster fielen.
Und gegenüber schmilzt schon auf dem Dach
die Dämmerung.

Rainer Maria Rilke, *Die Nacht*

Maximilians Schlaf ist ruhig und tief. Er verläuft wie mein Lieblingsstreifen, ich kenne den Anfang, den Ablauf und das Ende.

Dead Man. Der Held in diesem Schwarzweißstreifen hat auch einen tiefen Schlaf. Er erleidet eine Schußwunde, und weil es in den Weiten Amerikas keinen Notdienst gibt, nur Bären, Pioniere und Indianer, laufen ihm allmählich Blut und Leben aus. Plötzlich hängt dem Leben die Illusion der Ewigkeit nicht mehr an. Noch ein bißchen Blut, noch ein bißchen bleiben, die Lebenszeit geht ihrem Ende zu.

Ein stämmiger Indianer mit weichem Unschuldsgesicht teilt die verbleibende Zeit mit dem Angeschossenen.

Die Todesnähe verändert den Charakter des Verwundeten drastisch, plötzlich erschießt der, der vorher niemandem ein Haar krümmte, ohne Aufhebens einen Kleinkrämer, weil der keinen Tabak für ihn hat.

Die Grenzen sind verschoben, aufgehoben, nun darf man tun, was man will.

So stelle ich mir Krieg vor.

Ich sitze vor dem Spiegel und flechte mein Haar zu einem Zopf. Als Tagfrau krieche ich unter die Laken, lege Maximilians Arm quer über meinen Körper und beeile mich, Schlaf zu finden. Seit dem Zwischenfall mit Isabelle halte ich dieses Nichts zwischen Tag und Nacht nicht mehr aus. Was einen alles in den Wahnsinn treiben kann!

Die Atmosphäre im Dorf hat sich verändert. Tagelang drischt Regen mit Wind einher, die Erde ist windelweich, die Dächer glänzen wie Lakritz. Der Zwischenfall mit dem Hund ist noch nicht vergessen. Pascal ist nun einer von uns, in der Werkstatt klopfen sie ihm auf die Schulter. Er paßt ins Dorf wie der Korken in den Flaschenhals, sagt Bob; Bob macht immer so ausgefallene Vergleiche. Isabelle gibt sich so wie immer, sie lacht und scherzt, doch die Art und Weise, mit der sie an Pascals Arm hängt, die ist uns allen neu.

Neu ist auch mein Verhältnis zu Justin. Gestern nacht lenkte ich das Gespräch auf den Lederkoffer unter seinem Bett.
-Anwesenheit durch Abwesenheit, sagt Justin.
Wir kamen wegen Isabelle auf dieses Gespräch, weil ich sie vermißte, als sie tagelang in der Stadt untertauchte und nichts von sich hören ließ.
-Durch Abwesenheit glänzen, ergänze ich.
-Wie Gott! Justin lacht.
-Wie du in der Zeit, als ich nicht mehr zu dir kam.
Dann kann Justin gar nicht mehr reden, er drückt mich bloß an sich.
-Wir tun dauernd so, als ob alles unvergänglich sei! Doch unvergänglich ist eigentlich gar nichts.
-Und nichts ist absolut, setzt Justin obendrauf.
-Mir wird ganz mulmig beim Gedanken an Vergänglichkeit, Beständigkeit ist mir lieber.
-Ständige Zahnschmerzen, ewige Langeweile, brüllt Justin und stellt sich mit erhobenen Armen mitten ins Zimmer.
Werd' ich zum Augenblicke, sagen: Verweile doch! Du bist so schön!... Dann mag die Totenglocke schallen...
-Red bloß nicht so hochgestochen, maule ich.
-Das sagt Faust, nicht ich, Justin meckert zum ersten Mal an diesem Abend.
-Du sagst es auch! Und ich finde es keinesfalls witzig, wenn Freundschaft und Liebe vergehen.
-Wenn es passiert, ist es wohl notwendig. Damit das Alte dem Neuen Platz macht!
Kaum hat er diese Worte geäußert, fällt er auf eigentümliche Weise in sich zusammen, sitzt plötzlich schmaler und kleiner am Schreibtisch. Und ich merke, daß irgendwo der Hase im Pfeffer liegt. Ich vermute den Hasen in dem Lederkoffer unter seinem Bett.
Deshalb lasse ich mein Glas absichtlich unters Bett rollen, und als ich auf den Knien hocke, die Stirn auf den Teppichfransen, sage ich bloß:
-Koffer unterm Bett!

Und weil Justin nun so lange zur Decke hochschaut, ohne auch nur ein einziges Mal die Lider zu schließen, stehe ich auf und gehe zu ihm. Ich schraube meine Hände um seinen Nacken und schließe seine Lider mit Küssen.

In der folgenden Nacht finde ich den Lederkoffer auf meinem Platz vor.

Justin bearbeitet die Tastatur seines Computers, ohne sich nach mir umzudrehen. Ich kriege Schluckauf und muß mich beherrschen, um nicht laut loszulachen, aus Verlegenheit, aus Freude, aus Stolz. In diesem Augenblick macht das Leben Sinn, als distilliere meine Schuld schlußendlich Menschlichkeit.

Wenn ich weiß, was hinter Justins hoher, bleicher Stirn vorgeht, dann darf ich ihm helfen. Später wird er mir sagen, daß ich ihm schon half, bevor ich alles wußte. So klar drückt er das natürlich nicht aus, sondern er wurstelt verlegen an der Sprache herum, die er normalerweise so gut beherrscht.

Die wichtigen Dinge sagt er nie, wenn er neben mir im Bett liegt, sondern immer nur von seinem Schreibtisch aus. Wie ein Arzt. Das einzige Mal, als er mir etwas Intimes ins Ohr zu flüstern wagt, legt er den Mund auf mein Ohr, damit wir uns nicht ansehen müssen.

-Du schläfst aus Sympathie mit mir.

Ich brauche ihm nicht zu antworten. Das ist Liebe. Es macht meine Schuld ein bißchen kleiner.

Manchmal betrinken wir uns. Justin hat mich schließlich von der Notwendigkeit gelegentlicher Trinkerei überzeugt.

-Chronische Nüchternheit erzeugt steife Gedanken, hat er gesagt. Und er hat recht damit. Ein kleiner Rausch schwemmt meine Ernsthaftigkeit über den Jordan, und noch Tage danach fühle ich mich freier und ungezwungener in meinem Denken. Denkschatz, das ist ein weiteres Justin-Wort. Ohne Denkschatz kein Wortschatz und ohne Wortschatz kein Denkschatz?

-Wie, frage ich Justin, denken Taubstumme, so ganz ohne Worte?

Auf solche Gedanken kommen wir nächtens, und wenn wir keine Antwort wissen, erfinden wir eine.

-*Kleine* Schuld? Die Größe oder..., hier stockt Justin, weil man wohl von der Größe, nicht aber von der Kleinigkeit einer Schuld reden kann. Das Klein gibt es auch, das Hühnerklein, das Gänseklein, vom toten Vogel, nicht vom lebenden. Kleinigkeit bezieht sich nur auf Sachen von geringer Bedeutung. Deshalb kann man unmöglich von der Kleinigkeit eines Gebäudes, geschweige denn von der Kleinigkeit eines Gefühles reden.

-Schuldgefühle *belasten*, denkt Justin laut weiter, oder man *trägt* an einer Schuld, Schuld ist folglich eher in Zusammenhang zu bringen mit einem Gewicht als mit einem Größenmaß! Doch einen Augenblick später jubiliere ich, daß es durch meine Schuld, durch meine große Schuld heißt. Pf, macht Justin.

Unsere Liebe passiert anderswo als im Bett.

Ich starre auf den Campingkocher und auf die Wäscheleine, die Justin schnurstracks durchs Zimmer gespannt hat. In gewissem Sinne ist sein Allzweckzimmer meine Universität. Seit mein Horizont sich weitet, nimmt das Ausmaß der Liebe zu. Und die bedeckt alles, wie Schnee.

Es ist Winter, wir kennen uns seit zehn Monaten.

Mein Leben vor dir war ereignisarm, sagt Kim ohne Bedauern zu Justin.

-Wie kommt das? Du warst doch zufrieden.

-Ja, ich war zufrieden! Jetzt bin ich auch zufrieden.

-Wie kommt das?

-Wie kommt das, wie kommt das, hat deine Schallplatte einen Sprung?

-Wie kommt das?

-Ich bin noch nie einem Stuntman begegnet..., einem
Exorzisten, einem Astronauten, einem Illusionisten...
-Einem Azteken, einem Pharao, einem Berufskiller, ich auch
noch nicht, mich langweilen die meisten Menschen sowieso
sehr rasch.
-Du bist so hartgesotten!
-Du bist mir ein so Hartgesottener, äfft Justin Kims Tonfall
nach.
-Klugscheißer!
-In meinen vier Wänden begegnest du auch keinem Stunt-
man und keinem Astronauten, sagt Justin einige Augen-
blicke später.
-Doch!

* * *

Justin hockt auf den Knien vor seinem Bett. Es ist an der
Zeit, seine Vergangenheit mit jemandem zu teilen. Mit der
Eskimofrau. Es hat mit ihrer Würde zu tun, mit ihren
großen Händen und ihrem Gesicht. Es gibt nichts, was er
nicht an ihr liebte. Er braucht diesen Menschen. In ihren
schrägen Wangenknochen ist die verhärtete Geschichte der
Menschheit, in ihren Augen das Zuhause, nach dem er sich
sehnt.
Er stellt den Lederkoffer für sie bereit.

Als sie im Schneidersitz auf dem Teppich verharrt, dreht er
sich so geräuschlos nach ihr um, daß nicht einmal das
Stuhlbein knarrt. Er starrt auf die breiten Schultern und
stellt sich vor, wie das Blut unter der Haut in ihre Wangen
schießt.
Kim bleibt lange vor dem ungeöffneten Lederkoffer sitzen,
ehrfürchtig und stumm wie vor einem Schrein. Auf der
Fensterbank liegt Schnee, ihr schwarzes Haar, nie war sie
mehr Eskimofrau. Justin wendet ihr den Rücken zu, als sie
den Deckel hochhebt und geräuschlos durch Fotos und

Zeitungsberichte flattert. Die Augen muß er mit der Hand abschirmen: Kims Silhouette spiegelt sich im Fensterglas.
Zähflüssige, unbarmherzige Zeit, in der Justin das Atmen schwerfällt. Erst als Kim ihn an den Waden zu sich auf den Boden zieht und ihren großen Körper auf ihn drückt, fängt er an zu heulen.

Der Schock kommt in Etappen und verteilt sich gerechterweise über die folgenden Tage.
Als ich unter Max' Arm liege, übertrumpft dumpfes Mitleid meine Schuldgefühle. Daß es Millionen Schicksale gibt, Schicksale wie Flüche, das zerreißt mich. Mein Körper ist kalt und reglos, die Füße eisig.
Justin verliert, was er liebt. Er hat die volle Verantwortung für den Tod seiner Geliebten auf sich genommen.
-Es hat nichts mit dir zu tun, flüstere ich in sein feuchtes Gesicht, es sind ganz gemeine Schicksalsschläge...
-Nein, sagt er leise und bestimmt, es steht in Zusammenhang mit mir, ich bringe Unglück.

Die Teufel kommen ungeschorener davon, Bosheit verleiht Stärke, Bosheit tilgt Menschen- und Tierrassen aus, zettelt Kriege an, bildet Kinder zu Soldaten aus.
-Du bist zu gut für diese Welt, sagt Max oft zu mir. In dieser Welt lebt es sich besser, wenn man über etwas Schlechtigkeit verfügt. Gutmütigkeit ist ein Ausläufer der Dummheit.
Das sagt Max, die Gutmütigkeit in Person.
Macht es schlechten Menschen etwas aus, schlecht zu sein?

-*What makes you tick?* fragte Justin mich gestern abend.
Ich wußte die Antwort, doch ich schwieg. Wenn man die Wahrheit ausspricht, wird sie pathetisch.
-Stell dir vor, du wachst morgens auf und findest nichts der Mühe wert, aufzustehen, lenke ich ihn ab.
-Das ist die Hölle, sagt Justin, ausdrücklich *das* betonend.

-Es gibt viele Höllen, sage ich. Und viele Himmel, will ich hinzufügen, doch verdammt, das klingt auch pathetisch!

Analytisches Denken ist nichts für mich, es führt zu weit, wie Schachzüge. Ich kann keine vier Züge vorausdenken, ohne daß mir das wenige logische Denkmaterial, das mir zur Verfügung steht, rückwärts ausbricht, irgendwohin außer Reichweite.
Dieses zusammenhanglose Denken war schon immer in mir, doch Justin hat es voll zum Ausbruch gebracht. Durch ihn bin ich freier in meinem Denken geworden, und es ist dieselbe Freiheit, die mich nun einengt. Das ist widersprüchlich und ich verstehe es nicht. Ich muß mit Justin darüber reden.
-Du bist zu gut für diese Welt, sagt Max also zu mir.
Ich bin schlecht. Schlecht aus Liebe. Nun ist es hell draußen, und ich habe kein Auge zugetan.
An Justins magere Brust darf ich gar nicht denken, sonst fange ich an zu schreien.

Kims Gewicht auf Justin. Sie erlaubt es ihm, auf schamlose Weise hilflos zu sein. Während er heult, preßt sie sein Gesicht an ihre Schulter. Und läßt seinen heißen Körper nicht los. Rotz, Tränen und Speichel sind ihr gleich.

Schicksalsschlag. Wie Blitzschlag. Passiert ganz ohne Willkür. Tja, wenn einem die Stunde schlägt, sagt Hemingway und hilft dem Schicksal nach, als er sich erschießt.
-Das Schicksal kommt von außen, Liebling, es hat nichts mit dir zu tun. Man hat sein Schicksal nicht in der Hand wie die Lenkstange eines Fahrrads, das man hinradelt, wohin man möchte!
Doch ich merke rasch, daß Worte nicht immer die Wirkung von Sekundenkleber haben.
-Weißt du, daß das erste Gefühl, das sich nach einer Vergewaltigung bei Frauen einstellt, ein Schuldgefühl ist?

Um die Misere zu krönen! Opfer sein und sich auch noch schuldig fühlen! So einer bist du auch, Justin.

Ich rede mir die Zunge fransig und spüre, daß meine Bemühungen sang- und klanglos an Justin abprallen.

Zu viel Hilfe ist schlechte Hilfe.

Mir wird immer klarer, wie widersprüchlich das Leben ist.

Justin will nichts mehr von seinem Schicksal wissen, deshalb sein Randleben, die Nächte, der Wein.

-Hier kann ich keiner Fliege etwas zuleide tun, grinst er, und ich beteuere ungefragt, daß *ich* unerschütterlich bin.

Sowieso. Ich glaube, es beruhigt Justin, wenn ich so rede.

Ich denke, daß ich oft geistloses Zeug rede, so geistlos, daß Justin es nicht der Mühe wert findet, darauf einzugehen.

-Gutmütig, boshaft. Als sei das Gute im Gemüt verankert, und das Böse hafte an einem. Das Gute innerhalb, das Böse von außerhalb. Wieso man gut oder böse ist, das verstehe ich nie.

-Ich soll über was anderes reden, stöhnt Justin. Er stöhnt doch bloß, weil er nichts zu antworten weiß.

Die Marathonläuferinnen im Fernseher, mit abgemagerten Armen und Beinen.

-Das sind pure Muskeln, sagt Max.

Kim staunt über diese schwitzenden Frauen, die ihr Zahnfleisch der Kamera preisgeben und sich mit verzerrtem Gesicht vorwärtsbeißen, als sei der Leibhaftige hinter ihnen her.

-Warum machen sie das? fragt Kim.

-Sport, mault Max, dem Kims lausige Fragen lästig sind. Außerdem stellt sie in letzter Zeit fortwährend merkwürdige Fragen. *Warum machen sie das!*

-Sieh mal, wie nah sie nebeneinander herlaufen, dabei ist die Straße so breit! Wieso halten sie nicht mehr Abstand zueinander? Max!

-Um besser vergleichen zu können.

-Das können sie auch, wenn zwei Meter Abstand zwischen ihnen ist.
-Was weiß ich, Kim! Laß diesen Klamauk!

Vergleichen! Maximilians Gedanken kreisen um Frau, Haus und Werkstatt, Vergleiche stellt er keine an. Justin sagt, daß Vergleiche notwendig sind, obwohl sein Leben sich vorwiegend in einem Zimmer abspielt. Nichts ist reisefester als Gedanken. Auf geht's nach Amerika, zum Kubismus, zur Orthogenese, zur Quantenphysik.

Justins Geheimnis, sein Schicksal in einem Lederkoffer. Drei, vier Zeitungsartikel in portuguiesischer Sprache, ein körniges Schwarzweißfoto. Kim kann die Augen kaum von der eingestürzten Brücke über dem reißenden Fluß lösen. Das zerstörte Bauwerk erinnert sie an Kriege, die sie nie erleben mußte. *Le Monde* berichtet, daß der Mittelpfeiler der Brücke mit einem einzigen Knall bricht, und ein Bus mit Wochenendausflüglern fünfzig Meter tief in den Douro stürzt. Die Brücke, ein altertümliches Bauwerk aus dem neunzehnten Jahrhundert, war für Eselskarren und Pferdefuhrwerke bestimmt, nicht für Lastwagen und Pkw's. Aus Kostengründen wird die Renovierung immer wieder verschoben.
Und so kommt es an einem verregneten Sonntagabend, an dem Justin dem Schachspiel frönt, vierzig Kilometer östlich von Porto zu diesem Unglück. Wegen der Strömung dauert es Tage, bis die Taucher die Opfer bergen können.
-Maria und Xavier waren im Bus, kratzt Justins Stimme hinter ihrem Rücken. Xaviers Großmutter lebt in Porto..., ich war beim Schachturnier...

Den Tod finden, wie eine Muschel am Strand, wie einen archäologischen Fund. Finden: zufällig oder durch Suchen auf etwas stoßen, etwas erlangen, erwerben.
Wir finden den Tod nicht, er findet uns.

Menschen, die bei Terroranschlägen und in Kriegsgebieten umkommen, die Insassen aus dem Bus, alles Fremde mit abstraktem Schicksal, doch wegen der Zeitungsberichte auf ihrem Schoß und wegen Justins Gegenwart hinter ihrem Rücken ist Kims Schicksal urplötzlich mit dem der zwei Toten verknüpft. Mit zwei gesichtslosen Toten, die ihr Dasein einst mit Justin teilten, tage- und nächtelang, in größter Selbstverständlichkeit, als nehme die Zeit des Beisammenseins kein Ende.

Eine Frau und ein Kind.

Die ihr Dasein mit Justin teilten.

Ihr Dasein.

Wo sein?

Ein präziser Zeitpunkt, eine Brücke, ein Transportmittel, wieviel Milliarden Verlaufsmöglichkeiten bietet ein Tag?

Synchronizität, Zusammentreffen von Ereignissen, man kann das auch Zufall nennen, und weil der emotionale Faktor bei synchronen Ereignissen eine bedeutsame Rolle spielt, kommen plötzlich Glück, Schuld, Magie und Flüche ins Spiel.

Tutenchamons Grab ist verflucht, über dreißig Menschen sterben nach dem Verlassen der Grabstätte plötzlich auf merkwürdige Weise. Moskitostich, Herzinfarkt, Inhalieren eines giftigen Pilzes... Zufall oder Fluch?

Justin ist den wissenschaftlichen Erklärungen verschrieben, doch gegen die Schuldgefühle ist er wehrlos. Wäre am liebsten mit Frau und Sohn in den Douro gestürzt.

Menschsein: dem Leben und seinem natürlichen Verlauf, dem Tod, jeden Augenblick ausgeliefert sein.

-Es ist nicht deine Schuld, murmelt Kim ihm ins Ohr, immer und immer wieder, bis er zu zittern aufhört.

Scham. Kim verspürt Scham, für Gefühle ist man in den seltensten Fällen verantwortlich, sie kommen und gehen wie herrenlose Hunde. Scham, weil ihr Leben so glatt verläuft, sie war kein Waisenkind wie Max, sie verlor die Geliebten nicht durch irgendwelchen Unsinn.

Lautes Lachen kommt ihr hoch, unerhört, unwillkommen wie Kotze, hilflos umschlingt sie Justins Körper, knetet ihm Rücken und Glieder, stanzt die Fingernägel in seine weißen Schultern.

* * *

Mein Leben kreist um zwei Schiffbrüchige, die sich an mir, der Boje, festklammern.
Jeder kommt auf seine Art und Weise mit Schmerz und Leid auf Tuchfühlung, ich trage an Maximilians und an Justins Ballast.
Worin liegt meine Daseinsberechtigung? Habe ich eine?
Solche Gedanken kreisen wie Derwische in meinem Kopf.

-Sie wurden eingeäschert, Justins tonlose Stimme ein Hauch in ihrem Ohr.
Einäschern. Menschen zu Asche machen, diese Hände, diese Augen. Einzigartiger Mund.
Asche.
Asche auch ihre Stimmen, ihr Lachen, ihre Träume und Ideen, ihr Eigensinn. Das grüne Kleid von einem Tag zum andern körperlos, die Donald Duck-Zahnbürste fortan unbenutzt, sinnlose Objekte.
Frau und Kind leben in Justins Gedanken weiter, sind auf diese reduziert. Justin erinnert sich lange an ihre Gesichter, an den spöttischen Ausdruck um Marias Mund, doch eines Tages wühlt er verzweifelt in den Fotos. Ihm fällt nicht mehr ein, wie die Hände seines Sohnes ausgesehen haben. Die Asche ließ er in Portugal zurück, in der Heimat seiner Frau. Denn das Land, in dem er sich zum ersten Mal heimisch fühlte, ertrug er seit dem Unglück nicht mehr. Der Knoblauchgeruch in den Gassen, sein Stammlokal im Bairro Alto, das Schulgebäude mit dem Riß im Giebel, der Widerhall der Schuhsohlen auf dem abgetretenen Pflaster. Auf Schritt und Tritt spitzfindige Torturen, hinterlistig, gnadenlos.

So wurde er eines Sonntagabends auch seine Heimat los.

Luxemburg bedeutete ihm nicht mehr und nicht weniger als ein x-beliebiger Flecken auf der Erde, brachte ihn aber weit fort von Lissabons Wind, den er nicht mehr einatmen konnte, ohne an die Asche denken zu müssen.

Hände, die dermaßen zittern, brechen und zerknittern alles, sie halten nichts mehr.

Er verließ das Land, das ihn einst so fröhlich stimmte, und kehrte den Tagen mit all ihrem Licht und Leben den Rücken zu.

Justin lag nichts mehr am Leben, das Weitermachen ergab sich rein zufällig. Nie wieder glücklich sein, höchstens zufrieden. Die Sehnsucht in der Arbeit ersaufen und mit ihr den Schmerz.

Das Leben auf einigen Quadratmetern so sein lassen, wie es ist.

Weltabgewandtheit.

Alkohol.

Wie sein Leben ohne diese Brücke und den Bus hätte verlaufen können, das kann Justin sich heute nicht mehr vorstellen. Nach vier Jahren, der Duft ihres schweren Haares, weg! Weg auch der kleine, leichte Körper, der nie wieder auf seinem Rücken reiten wird, und mit einem unsichtbaren Lasso Außerirdische und Pferde einfängt. Weg. Nicht mehr da.

Wenn man das *e* weich betont und sich bei der Aussprache etwas Zeit läßt, wird weg zu Weg.

Ich erspare Justin die Gedanken an den Tod seiner Geliebten nicht. Ich presse den Schmerz aus ihm wie den Saft aus einer Zitrone. Ich gebe nicht nach, bis er dieses Foto aus dem Lederkoffer kramt. Er tut es widerwillig, doch ich laß mich nicht abwimmeln. Wenn ich mir etwas in den Kopf gesetzt habe, kann ich richtig grobklotzig werden. Justin kriegt vor Ärger einen roten Hals, als ich nämlich den verdammten Koffer mitsamt seinen Tabus durch das Zimmer

schleudere und ihn anschreie, daß er Frau und Kind endlich aus dem Vergessen retten soll.

Es ist nicht leicht für Justin, wieder so etwas wie Hoffnung
zu empfinden. Er ist es gewohnt, Narben abzutragen und
die Freude, die er beim Gedanken an die Eskimofrau
empfindet, bringt ihn aus dem Gleichgewicht. Den Stumpf-
sinn hat er sich in den vergangenen Jahren mühselig
angeeignet.

Stumpfe Sinne, wie lokale Narkose, etwas reißt und zupft
an ihm herum, er fühlt es, doch er spürt es nicht. Oase oder
Fata Morgana?

Panta rei, sagten die alten Griechen: Alles fließt.

Und das Leben beginnt erneut, als hätte es nie Tote gege-
ben. Gutes wendet sich zum Bösen und Böses wieder zum
Guten, dieses ewige Hin- und Hergeschaukel, dem die
Menschen wie Fische ins Netz gehen. Noch etwas, das ohne
Willkür passiert.

-Sie wurden begraben, sagt Max ein-. zweimal im Jahr,
wenn er betrunken ist. Dann schweigt Kim. Das ganze Dorf
nahm seinerzeit an der Bestattung teil. Max war sieben
Jahre alt, als sein Vater starb und seine Mutter sich am gleichen Tag das Leben nahm.

Die Post! Die Briefe!

Wie viele Umschläge sind es?

Zwei. Bloß zwei. Sie genügen, um drei Menschen aus ihrem
zurechtgeschneiderten Alltag heraus zu katapultieren.
Plötzlich verläuft auch Kims Leben nicht mehr in den alten
Gleisen. Ihretwegen hätte es ewig so weitergehen können.
Doch die Ewigkeiten auf Erden währen kurz.

Lungenkrebs. Maximilians Vater arbeitet in der Stahl-
industrie, Hochofen. Dankeschön für die Hitze. Ist wie
stundenlang, monate-, jahrelang Sauna. Sauna während der
Tagschicht und Sauna während der Nachtschicht. Sauna im

Frühling, im Sommer, im Herbst und im Winter. Wenn Max'
Vater im Sommer die Fabrik verläßt, ist ihm draußen kalt,
doch die Temperaturunterschiede machen dem Mann auch
im Winter zu schaffen. Zum Trost Zigaretten, drei Päckchen
am Tag. Kettenrauchend, die Lippen, der Gaumen, der
Rachen, die Hand, sie hängen an dem Zeug wie an einer unglücklichen Liebe, dem Qualm und dem Geschmack ver-
fallen. Die Lungen machen früh schlapp, Lungenkrebs, die
Raucherei war kein ungestrafter Trost. Mit achtunddreißig
Jahren stirbt er, Max ist sieben, die Mutter kaum dreißig
Jahre alt.

Ihre Sucht war ihr Mann, ihr Mann ihr Abgott. An dem Tag
an dem er stirbt, verliert sie alles, was ihr lebenswert
erscheint. Ihr Sohn zählt nicht.

Kein Abschiedsbrief an die Frucht aus ihrem Leib, kein
Wort, an dem er sich für den Rest seines Lebens trösten
könnte, nur leere Pillenfläschchen und Schachteln, die sie
vorsorglich gehortet hat. Der siebenjährige Sohn, der seiner
Mutter nicht Lebensinhalt genug war, findet zwei leblose
Körper im elterlichen Schlafzimmer vor. Der Vater tot, die
Mutter daneben, in Weiß, ohne Blumenstrauß, aber mit
Schaum vor dem Mund und mit Erbrochenem auf Brust
und Kinn.

Das dürfen Mütter nicht tun: den Kindern ihre Geltung
rauben.

Ich bin Maximilians Ehefrau, Maximilians Geliebte, Maximilians Pfeiler.

-Zu gut für diese Welt? Mein Mann liebt mich waghalsig.
Die Briefe verändern alles. Es sind bloß zwei. In giftgrünen
Umschlägen lauern sie meinem Mann im Briefkasten auf.
Max leert den Briefkasten immer vor dem Mittagessen, auf
dem Weg aus der Werkstatt, und während er mit großen
Schritten auf unser Haus zukommt, reißt er die Umschläge
auf. Bankauszüge und Rechnungen legt er außer Sicht-
weite. Denn beim Essen reden wir nicht über Geld. Wenn

wir Postkarten erhalten, lehnt er sie gegen die Obstschale auf dem Küchentisch und läßt den Blick über das Meer, über blaue Himmel und Strände schweifen.

-Wir sollten auch mal ans Meer... Italien, Spanien oder so.

-Ja, sage ich, da sollten wir mal hin.

Städte interessieren ihn nicht.

-Zu viele Menschen, zu viele Autos, sagt er, das haben wir auch zu Hause.

Heute ist Montag, bald ist dieser Winter vorbei. Alles Vergängliche stimmt mich melancholisch, der Tag, der in den Abend, der Sommer, der in den Herbst übergeht.

Draußen ist alles grauweiß, obwohl kein Schnee liegt. Der Nebel bleibt den ganzen Tag über den Dächern hängen und schluckt die Geräusche, das Rauschen der Flugzeuge, das Zischeln der nassen Reifen und das leidige Geläut der Kirchenglocken.

Plötzlich steht Max in der Küche. Bleich.

-Was ist los, frage ich erschrocken. Er öffnet die Lippen, aber statt mir eine Erklärung für seinen bestürzten Gesichtsausdruck zu liefern, hält er diese Postkarte vor mein Gesicht. Eine Postkarte, auf der sich ein Schwein im Schlamm wälzt.

deine frau ist eine sau

steht auf der Rückseite, die Buchstaben wurden sorgfältig aus einer Zeitung herausgeschnitten und aufgeklebt. Und in der Stadt abgeschickt.

Keine Ahnung, woher ich die Ruhe nehme, auch Maximilians Reaktion ist ungewöhnlich. Zuerst sieht er mich völlig ratlos an, dann zuckt sein Kinn, und bevor ich überhaupt ein Wort zustande bringe, bricht er in Gelächter aus. Vor Lachen geht er in die Knie, patscht sich auf die Oberschenkel und reißt mich schließlich in seine Arme.

-Du Sau, keucht er, was gibt's zu essen?

-Neid, sagt er und so wie ich ihn kenne, läßt er das Manns-
volk, das in seiner Werkstatt ein- und ausgeht, jetzt im
Geiste vor seinen Augen Revue passieren.
-Pit ist in dich verliebt, sagt er nach einer Weile.
Pit ist ein Kerlchen mit zusammenklappbaren Schultern,
den man nie in Gesellschaft einer Frau sieht.
-Das ist nicht fair, du kannst Pit nicht einfach so be-
schuldigen, außerdem ist Pit in jede Frau verschossen.
-Stimmt. Aber wer ist der eifersüchtige Dreckskerl? Max
lacht übers ganze Gesicht.
-Vielleicht lungert Jean immer noch hier herum... Beim
bloßen Gedanken läuft es mir kalt den Rücken hinunter.

Der zweite Umschlag lag heute morgen im Briefkasten.

deine frau bumst mit dem nachbarn wenn du schläfst

Über diese Postkarte lacht niemand. Eine Orange rollt aus
der Obstschüssel auf den Boden, als Max mit der Faust auf
den Tisch schlägt.
-Wir lassen alle andern in Ruhe... Oder! Wieso?
Mein Mann sieht hilflos aus, wenn er tobt, das Geschrei
stimmt nicht mit den schlappen Armbewegungen überein.
An diesem Nachmittag geht Max nicht in die Werkstatt. Er
bleibt am Küchentisch sitzen und trinkt eine halbe Flasche
Pernod.
-Ich verlange nichts, rein gar nichts, ich will bloß ein
friedliches Leben führen.
Sein Kopf liegt bereits auf der Tischdecke, Max ist das Trin-
ken nicht gewohnt. Mit halb geschlossenen Lidern klagt er,
daß sein linker Arm schmerzt.
-Sie sind begraben worden, sagt er, als er später mit wäss-
rigen Augen auf dem Sofa liegt. Wir haben doch nur uns
beide, fügt er hinzu.
Ich wiege Maximilian in meinen Armen. Ich helfe ihm die
Stufen zum Schlafzimmer hoch, sein Arm hängt über mei-

ner Schulter, den Bauch drückt er in meine Seite. Mit ausgestreckten Gliedern liegt er auf dem Bett und weint sich
in den Schlaf. Ich streife die Schuhe von seinen Füßen,
schiebe seine Beine beisammen und nehme die Wolldecke
aus dem Schrank.

Draußen dämmert es, es ist noch früh, doch ich weiß, daß
Max heute nicht mehr aufwachen wird.

Keine Sekunde lang hat er mich verdächtigt.

Maximilians blindes Vertrauen ist meine größte Strafe.
Denn ich ziehe sein Vertrauen durch den Dreck.
Sein Lachanfall, als der erste Brief uns erreicht.
Und nun diese Hilflosigkeit, nicht wegen mir, sondern we-
gen der Skrupellosigkeit, mit der Menschen anderen Böses
antun.
Ich bin das Gute, an das er sich hält! Ich!
Die Wahrheit ist, daß ich Ehebruch begehe.

-Man erfand Gott, lästert Justin, damit die Menschen wenig-
stens ein schlechtes Gewissen haben, wenn sie morden.
-...
-Doch du siehst ja, wie geschickt sie ihre Greueltaten im
Namen des jeweiligen Gottes zu rechtfertigen wissen.
-Wie kannst du bloß so leben?
-Wie leben?
-Na, ohne an irgend etwas zu glauben?
-Ich beobachte, ich bin Journalist.
-Was beobachtest du?
-Den dynamischen Zustand der Dinge, den Verlauf der Ge-
schichte, Zwischenmenschliches...
-Fragst du nicht nach dem Sinn?
-Objektivität schafft so etwas wie Sinn. Das Ganze aus der
Vogelperspektive betrachten. Mit einem guten Wein. Skla-
ven des Glücks sind dem Schmerz unterworfen!
-Und was siehst du von da oben, aus deiner Vogelperspek-
tive?

-Alles ergibt Sinn, alles ist Unsinn.

-Ich verstehe das nicht.

-Nun...

-Du vertrittst immer so lebensfeindliche Ansichten, quengelt Kim.

Justin nimmt eine Käsescheibe, rollt sie zusammen, reißt mit dem Daumen ein Loch in sein Brötchen, quetscht die Rolle hinein und ißt. Frißt, sagt Kim.

Isabelle besucht Kim jetzt seltener. Die Arbeit im Pferdestall und die neue Beziehung scheinen sie vollkommen in Anspruch zu nehmen. Sie hat sich verändert seit der Sache mit dem Franzosen, doch darüber verliert sie kein Wort. Anstelle von Boy läuft nun ein anderer Hund neben ihr her, der vor Freude auf den Küchenboden pinkelt, wenn Kim ihn streichelt. Ein einziges Mal wagt Kim es, den durchgeknallten Franzosen zu erwähnen.

-Glaubst du, daß Jean sich noch hier herumtreibt?

-Nein, bellt Isabelle und lenkt die Rede auf die Dressur der schwarzen Stute.

Isabelle ist nicht mehr so redselig wie früher. Früher, das war vor einem guten Monat. Als Kim sich höflich nach Pascal erkundigt, meldet Isabelle kratzbürstig, daß es ihm gut geht, Thema erledigt.

Sie wirkt verdrossen, starrt zum Fenster hinaus und meidet Kims Blick. Herausfordernd schaut Kim ihr ins Gesicht, doch ihre Augen begegnen sich nicht. Etwas Befremdendes hat sich zwischen die Freundinnen geschoben. Fieberhaft sucht Kim nach einem geeigneten Gesprächsthema, um eine zwanglose Unterhaltung mit Isabelle zu führen. Doch ihr Unbehagen stimmt sie einfallslos.

-Ich glaube, Isabelle ist unglücklich. Sie ist so anders..., wie ein verlorenes Schaf.

Maximilians Seitenblick, die hochgezogenen Augenbrauen, als er in mißbilligendem Ton sagt, daß er Isabelle allmählich für bekloppt hält.

-Pascal ist ein Superkerl, und sag Isabelle, daß man Probleme findet, falls man recht fleißig nach welchen sucht.

Ich habe Angst. Angst um Max, Angst um Justin, Angst vor dem anonymen Ankläger.
Angst.
Alles verändert sich viel zu rasant, viel zu brutal. Die Grenzen sind verschoben, meine Beziehungen verschwinden hinter Nebelwänden. Das bin ich nicht gewohnt. Ich bin verunsichert, dauernd habe ich das Gefühl, daß Finger auf mich zeigen, doch wessen Finger es sind, das erkenne ich nicht.
Es fällt mir plötzlich schwer, andern in die Augen zu sehen. Isabelle meidet meinen Blick wie ein Minenfeld. Ich weiß nicht, was mit ihr los ist. Und mein Mann. Er schaut mich genauso an wie immer, offenherzig und treu, doch ich verdiene das nicht mehr. Ich erwidere seinen Blick, doch nun ecken diese Augenblicke an meine Nächte mit Justin an.
Wie könnte ich meinem Mann je die Wahrheit auftischen?
Wie könnte ich ihm erklären, daß mein Ehebruch geistiger Natur ist, mir liegt nichts an der körperlichen Beziehung mit Justin. Körperlich bin ich meinem Mann verschrieben, ich liebe sein Gewicht auf mir, seinen schamlosen Mund, der mich mit halsbrecherischem Ungestüm verschlingt.

Geistiger Ehebruch: ich habe mich in Justins Eremitentum hineingeschmuggelt, weil ich mein windgeschütztes Dasein satt bin.
Nun kann ich nicht mehr auf die geistige Nahrung verzichten. Und will nicht darauf verzichten. Dringende Not hat mich zum Nachbarhaus getrieben, weg von den generösen Dorfleuten, deren offenherzige Gemüter ich so müde bin.
Weg vom alten Schrot und Korn.
Wie könnte ich meinem Mann erklären, daß ich dank des Umschwungs in meinem Leben die Energie aufbringe, mein Tagleben so weiterzuführen, wie ich es seit über zwanzig

Jahren tue? Ich bin zweiundvierzig. Ich bin sturmreif.

* * *

In dieser Nacht erscheint Kim erst kurz vor vier in Justins Haus. Und bleibt im Türrahmen stehen.
-Die Postkarten..., schneidet Justin das Thema an und verstummt.
-Eigentlich spielt es gar keine Rolle, wer die geschickt hat, wispert Kim.
-Du bist so blaß, sagt Justin traurig, als sie vor ihm am Schreibtisch steht.
-Ich gehe wohl besser.
-Du bist gerade gekommen.
-...
-Aber du bist gerade gekommen!
-Max schlief nicht ein...

Nähte reißen, dünnes Eis bricht, wie lange noch lebt es sich auf Messers Schneide?
Justin spürt nichts, als die Eskimofrau ihn verläßt, doch in seinem Kopf macht sich die Wüste wieder breit, sandige, trostlose Weiten. Er zieht sich dorthin zurück, wo der Himmel endlos und die Nächte kalt sind. Hier findet niemand ihn, die Hoffnung schon gar nicht.
Die angebrochene Weinflasche, leer. Die Whiskyflasche. Schlaftabletten. Und irgendwann rüttelt die Eskimofrau ihn aus seltsamem Schlaf. Die Luft im Zimmer ist abgestanden, der Speichel, der aus seinem Mundwinkel rinnt, gelbliche Flecken auf dem Kopfkissen.
-Laß mich nicht im Stich, bettelt er.
-Ich habe Angst, zischt Kim, sein weißes Puppengesicht zwischen den Händen haltend.

-Iß was! befiehlt sie und hält die Schüssel, die sie von zu Hause mitgebracht hat, hartnäckig gegen seine Brust. Er

stützt sich im Bett auf, nimmt die Schüssel auf den Schoß und spürt, daß Kim gleich wieder geht. Das verdirbt ihm den Appetit.
-Reich mir die Zigaretten! Kim gibt sie ihm. Heute nacht ist sie es, die eine Flasche öffnet und zwei Gläser bis zum Rand füllt. Ihr Glas trinkt sie in einem Zug leer.
-Und wenn Max aufwacht? fragt sie Justin atemlos.
-Er schenkt der Geschichte doch keinen Glauben..., wieso sollte er aufwachen?
-Justin!
Ratlos, mit bleichen Gesichtern hocken sie auf dem Bett und trinken schweigend die Flasche leer.

Kaffeegeruch bis ins Schlafzimmer, unten im Flur Maximilians dröhnende Stimme. Schreit in die Sprechmuschel, als hätten alle Mitmenschen Hörprobleme. Wenn Kim sich mit Max am Telefon unterhält, hält sie den Hörer in weitem Bogen weg vom Ohr, eine selbstverständliche Geste, die Umstehende zum Lachen bringt.
-Übermorgen..., wie bitte? Ja, fünfzehn Uhr fünfzig..., danke, ich hole sie heute, nein, morgen komme ich bei Ihnen vorbei..., ja...
Kim trifft Max in der Küche an. Breitbeinig sitzt er auf dem Küchenstuhl. Lächelt.
-Wir verreisen, ruft er und schaut sie erwartungsvoll an.
-Wie lange, entfährt ihr die blödsinnige Frage, die sie im gleichen Augenblick bereut, denn mit ihr nimmt Maximilians Fröhlichkeit ein abruptes Ende.
-Wie lange, blafft er und zieht das Kinn ein.
-Wohin, verbessert Kim sich kleinlaut.
-Auf eine dedokanesische Insel, von der aus man bei schönem Wetter die Türkei sehen kann, ruft Max, schon wieder lächelnd.
Und greift nach der Postkarte, die seit vorgestern an der Obstschale lehnt, legt sie vor Kim auf den Tisch, klatscht drauf.

-All das, sagt er zufrieden, als gehöre ihnen somit das Meer und der Strand. Eine Woche lang ausspannen... Sag mal, freust du dich überhaupt?
-Ja, natürlich!
-Komm!
Max greift über die Obstschale nach Kims Handgelenk und zieht sie um den Tisch herum auf seinen Schoß.

Weil Max in den Tagen vor der Abreise noch eine Menge zu erledigen hat, kommt er abends erst nach zehn aus der Werkstatt, verschwitzt und müde, aber heiter. Er duscht, ißt und sieht mit Kim fern. Sie gehen später als gewöhnlich zu Bett, und im Bett schläft Max nicht sofort ein.
-Reisefieber, seufzt er.
Gewohnheitswidrig wendet er sich Kim zu, und wenn sie Bauch an Bauch liegen, schlingt er Arme und Beine um sie.
-Freust du dich auch wirklich?
-Ja, murmelt sie.
Die Kirchenglocken läuten. Einmal. Zweimal. Dreimal.
Und Maximilian ist immer noch nicht eingeschlafen.

Im Nachbarhaus wartet Justin auf Kim. Zusammengekauert liegt er auf dem Bett, wie lange schon? Gegen vier steht er auf, um Wasser zu lassen. Geistesabwesend hört er die Nachrichten auf dem Anrufbeantworter ab, sendet ein Fax an seinen Auftraggeber, greift nach Papier und Kugelschreiber, steht lange mit baumelnden Armen und Notizblock im Zimmer herum, läßt dann alles auf den Teppich gleiten, geht hin und schmiert sich im Dunkeln ein Brot. Mit zwei Schritten zurück ins Bett, ißt im Liegen. Zerbröselt eine Schlaftablette zwischen Daumen und Zeigefinger und läßt das weiße Puder in seinen Whisky rieseln. Noch einmal kurz aufstehen, die Stille ist unerträglich. Jim Morrisons Stimme...

> *Purple Haze is in my brain.*
> *Lately things don't seem the same...*

Justin schläft noch, als Kim und Max bereits im Flugzeug sitzen. Beim Aufwachen hat er starke Stiche in den Schläfen. Auf dem Nachttisch eine Nachricht von der Eskimofrau: *Plötzlich abgereist, bin in einer Woche wieder zurück. Paß auf dich auf.*
Im Telegrammstil hingekritzelt. Daneben liegt ein Freßpaket.

* * *

Der Himmel grau drängelnd an den Seitenfenstern. Ein Absturz wäre mir recht. Abstürzen, um gedankenfrei zu sein. Max hält meine Hand und erzählt mir, was wir unter dem Seitenflügel sehen könnten, wenn diese Wolken nicht wären. Doch ich sehe bloß Justins Gesicht vor mir, ich bange um seinen abgemagerten Körper, sehe das zerzauste Haar, die schwarze Hornbrille auf dem Nachttisch. Als ließe ich ein minderjähriges Kind im Stich.
Meine zwei Männer, diese Kinder!
Abends sitzen wir am Meer. Alles ist lauwarm, die Luft, das Essen, der Wein. Max stellt verwundert fest, daß bereits der zweite Weinkrug leer ist.
-Der Wein schmeckt nach Seife.
-Harz, lacht Max, er hat einen harzigen Beigeschmack. Weil er in Holzfässern gelagert wird und...
-Nee, schneit ein rotgesichtiges Männchen vom Nebentisch Max ins Wort, diesem Wein wird vor der Gärung das Harz der Aleppokiefer zugesetzt. Ursprünglich machten die Griechen es ja der besseren Haltbarkeit wegen, nun schmeckt uns der Wein nicht mehr ohne Harz.
Mir schmeckt er gar nicht, doch an diesem Abend und an den darauffolgenden setze ich auf seine Wirkung. Dank dieser Seifenlauge erscheint mir alles in einem unschuldigeren Licht. O du mein lieber Augustin, wo steuern wir hin? Über meinem Kopf glitzert es wie verrückt, alles Sterne, ich finde diesen Urlaub blödsinnig. Deshalb lache ich nach

einigen Gläsern Wein. Max ist so gefällig, er bietet dem drahtigen Kerl an, sich zu uns an den Tisch zu setzen, als säßen wir nicht ohnehin nahe genug beisammen, und schenkt die daumenhohen Gläschen voll. Weinkrug Nummer drei. Max.

Fragt mich, worüber ich lache.

-Weiß nicht, sage ich ohne Überzeugung. Mich überzeugt gar nichts mehr.

Der Drahtige säuft Ouzo wie aus einer Tränke. Schiebt seinen fleckigen Lederhut mit dem Zeigefinger aus der Stirn und lehnt sein Fliegengewicht gegen die weißgetünchte Mauer.

-Der Alltag is'n Liebestöter, schwafelt er, wie wollene Unterwäsche! Ich, krächzt er und haut sich mit der Faust auf die Brust, ich war früher'n Schwein. Bin allen Frauenzimmern davongerannt, bis Ida mich eingeholt hat. Ich bin im Herbst, schon zweiundsechzig, wissen Sie, Ida ist vierundzwanzig!

-Cosa nostra, schreit er und hält das Glas mit dem schwappenden Ouzo in die Höhe. Dann streckt er die Brust vor und kräht wie ein Hahn.

Max sagt gar nichts mehr, ich glaube, das Hahnengeschrei ist ihm peinlich. Das hat man davon, wenn man so gefällig ist!

-Der Mensch, fährt der Drahtige beherzt fort, zieht sein Hemd bis zur Kinnlade und kratzt ausgiebig seine Brust, der Mensch ist stets auf der verheißungsvollen Suche nach Schönheit. Er malt, dichtet, er fährt aufs Meer hinaus, musiziert, behaut den Stein... Er will entgleisen, um sich über die *condition humaine* zu erheben! Im Grunde sehnt er sich nach einer Existenz, die über Fressen, Bumsen und Saufen hinausgeht! Ich, sagt er unverdrossen und fixiert mich dabei genau, ich habe bloß gebumst und gesoffen...

-Was hast du? fragt mich mein Mann.

Was ich habe? Ich habe einen Mann zu viel.

Max liebt mich jede Nacht, und ich drücke ihn gegen mich, bis sein Gewicht mir den Atem nimmt. Doch zwischen den zerknüllten Laken wartet Justins Gesicht auf mich.

Max schläft. Die Stille im Zimmer ist erbärmlich. Ich liege schlaflos im Dunkeln und denke mir aus, wie ich Justin das Treiben am kleinen Hafen beschreiben werde. Wenn ich den Drahtigen nachahme, wird er vor Lachen meckern.

Maximilian steht mit hochgerollten Hosenbeinen am Strand und starrt auf das Meer, bis das schaukelnde Blau in alle Richtungen fließt. Tränen laufen ihm übers Gesicht. Plötzlich weiß er, daß das mit dem Nachbarn wahr ist.

Seite an Seite gehen sie zurück ins Hotel. Max drückt Kims schlaffe Hand und mustert ihr Gesicht von der Seite.

-Die Hitze ist erdrückend, murmelt sie, ganz traurige Augen.

-Die Postkarten, sagt er im kühlen Hotelzimmer.

Er steht in der Balkontür. Vom Bett aus sieht sie den breiten Rücken, seine Silhouette schwarz wie im Schattentheater.

-Die Postkarten, wiederholt er, senkt den Kopf und massiert seine Schläfen mit den Fingerspitzen.

Die Geräusche von draußen reiben sich an der Stille im Zimmer: Schritte, Stimmen, Gelächter, das dumpfe Hupen der Schiffssirenen. Es ist unglaublich und zugleich tröstend, wie das Leben draußen einfach weitergeht.

Max sinkt neben Kim auf dem Bett nieder. Abertausendmal hat er das gemacht, nun fällt den beiden auf, daß einer selbstverständlichen Geste das Selbstverständliche von einem Augenblick zum andern abhanden kommen kann.

-Warum? fragt Max seine Frau. Das Wort bricht ihm wie ein dürrer Zweig entzwei.

-Ich liebe dich doch, antwortet Kim.

-Das weiß ich ja..., sagt Max heftig und beißt sich in den Handrücken, um die Schluchzer zu ersticken.

Dann liegen sie nebeneinander und halten sich an der Hand des andern fest. Stundenlang.

-Willst du ein Kind? fragt Max sie mitten in der Nacht.

* * *

85

-Bloß Wasser, sagt Kim im Flugzeug, weil Max ihr bereits eine Flasche Weißwein bestellt hat.

-Meine Frau möchte doch lieber Mineralwasser, wendet Max sich an die Stewardeß und streichelt Kims Handrücken.

-Ist das nicht schön? murmelt er und weist mit dem Zeigefinger auf die Alpen, lehnt den Kopf an ihre Schulter wie im Kino.

-Heute beginnt der Sommer, sagt Kim.

Kaum halten sie vor der Haustür, als Bob schon aus der Werkstatt geschlendert kommt. Grinsend.

-Na, Meister?

-Na, entgegnet Max, alles paletti?

-Alles paletti, Chef!

Als Kim die Koffer öffnet, ist Max bereits drüben in der Werkstatt.

Die Wäsche wirbelt in der Trommel, das Abendessen steht nach einer Woche Urlaub pünktlich auf dem Tisch.

-Bob ißt mit uns, schreit Max ins Telefon, der Bursche hat großartige Arbeit geleistet.

Die Männer rauchen eine Zigarre. Kim stellt die Cognacflasche auf den Tisch und setzt sich neben ihren Mann. Max legt den Arm um ihre Schultern und schildert Bob, wie Costa die Seeigel aufgebrochen, ausgekratzt und das rötliche Fleisch mit Olivenöl zubereitet hat. Er füllt die Cognacgläser nach und wiegt den Kopf zur Musik.

-Paß bloß auf die Gläser auf, mahnt Max Bob und meint damit seine ölverschmierten Finger, das ist Kristall. Ein Hochzeitsgeschenk.

Das Läuten der Glocken macht mich noch verrückt!

Maximilians Schultern heben und senken sich unter dem Laken. Sein Schlaf ist still, kaum höre ich seinen Atem. Neben einem Menschen schlafen, heißt einem Menschen zu vertrauen.

Nun weiß er die Wahrheit, über zwanzig Jahre lang kamen wir mit wenig Worten aus.

Ich entgleite dem Arm, den er nachts quer über mich legt, mache eine halbe Drehung, setze die Füße auf dem Berberteppich auf und drücke mich mit den Handflächen sanft von der Bettdecke hoch. Die Schlafzimmertür lasse ich offen, denn lange werde ich nicht weg sein. Die Treppen knarren, doch Max hat einen tiefen Schlaf.

Ich laufe barfuß, das Gras ist naß und kalt. Ich laufe, ich laufe dorthin, wo meine Füße mich nicht schnell genug hintragen können. Fliegen will ich.

-Justin, keucht die Eskimofrau, als sie die Tür aufreißt, in die Hocke geht und nach Atem schöpft.

Im ersten Stockwerk wird eine zweite Tür aufgerissen, Justin kommt die Stufen hinuntergepoltert.

Seine schwarzen Jeans! Sein Haar ist feucht und riecht nach Shampoo. Kim umschlingt ihn, drückt ihn, hebt ihn hoch.

-Du Fliegengewicht, lacht sie mit großem Mund.

-Du, lacht er, genauso atemlos.

Wie ausgelassene Vierbeiner rennen sie die Treppen hoch, ungestüm, stufenüberspringend, finden sich vor der Wäscheleine ein, mitten im Zimmer. Justin blaß, fröhlich, mit schwarzer Hornbrille.

-Ganz schön anstrengend so ein Wiedersehen, schnauft sie und plumpst aufs Bett.

Justin schreitet das Zimmer, plötzlich zu klein, mit schnellen Schritten ab, sucht nach Korkenzieher, nach Zigarette und Feuerzeug, nach Musik.

-Setz dich auf deinen Stuhl, schreit sie, übermütig auf dem Bett federnd.

-Du hast einen düsteren Einfluß auf mich, lächelt Justin, als er endlich stillsitzt.

-Bei dir bin ich ein anderer Mensch, ich wußte gar nicht, daß es mich in dieser Ausgabe gibt. Hast du mich vermißt?

-...

-Justin?
-Mmh?
-Max weiß es. Es ist gut so...
-Gut für wen?

Max rührt sich nicht, als seine Frau sich unter seinem Arm hindurch aus dem Bett windet. Einige Sekunden ist es still, dann hört er ihren Reißverschluß zischeln.
Max bleibt so liegen, bis Kim das Haus verläßt. Dann zwängt er die Hände zwischen die Schenkel und zieht das Kinn ein. Und kann nicht schlafen. Zum Schlafen muß er den Atem seiner Frau hinter seinem Rücken wissen.
Um sieben steht er auf, geht in die Küche, macht Kaffee. Er bringt Kim den Kaffee ins Schlafzimmer, setzt die Tasse auf dem Nachttisch ab, greift unter die Laken und streichelt ihre Beine.
Wichtig ist nur, daß sie wiederkommt.
Gegen elf sitzt Kim am Küchentisch. Die jungen Äpfel grüne Knoten draußen im Baum.
Das Leben so träge, Max so gefällig.

In den nächsten Wochen nimmt Max sechzehn Kilo ab. Sein Schlaf ist genauso treulos wie seine Frau, die ihn nachts verläßt.
-Wieso schreist du mich nicht an? schreit sie ihn an. Wieso läßt du dir das gefallen? schreit sie weiter.
-Wegen uns, sagt Max, stützt die Ellbogen auf den Tisch und legt das Gesicht in seine Hände.
-Max..., es ist nichts Sexuelles, das uns..., Justin und...
-Sei still, zischelt Max und fügt nach einer Pause hinzu, das mit den Büchern, das ist es, ich genüge dir nicht mehr.
-Nicht jeder ist so genügsam wie du...
-Willst du ein Kind?
-Ich bin zweiundvierzig, Max!
-Heutzutage ist...
-Heutzutage, heutzutage! Seit wann willst *du* ein Kind?

-...
-Willst du ein Kind, Max?
-Ich teile dich also jetzt mit einem anderen Mann.
-Max, es ist nichts Se..., wir haben ein geistiges Verhältnis zueinander, wir reden und...
-Das hört sich verdammt idiotisch an!
-Schrei bitte nicht.
-Schrei bitte, schrei bitte nicht! Soll ich mich bedanken? Soll ich zu dem Kerl gehen und mich bedanken? Ich danke Ihnen für das platonische Verhältnis, das Sie...
-Max, mein Körper gehört dir, ich bin deine Frau!
-Niemand gehört niemandem!
-Max, ich brauche diese Gespräche... Bitte, schreit sie ihm nach.

Justin lehnt mit verschränkten Armen am Küchenschrank, gepanzert.
-Max schläft nicht mehr.
-Ich gehe, lächelt Justin eisig, ich haue ab. Ich verlasse Portugal, ich verlasse Luxemburg. Das bin ich. Ich verlasse alles!
Die Eskimofrau am Küchentisch. In diesem Zimmer wird nicht gelüftet.
-Es ist das zweite Mal, daß wir hier....
-Alles hat ein Ende.
-Justin, sei nicht grausam.
-Du bist so pathetisch! Du kommst und gehst aus meinem Leben, so was bin ich ja gewohnt. Und ich Idiot habe nicht den geringsten Einfluß auf diese Scheiße, die man Leben nennt! Hab ich mich nicht versteckt, heh? Heh? Hab ich mich nicht versteckt, und du..., du hast mich aufgesucht..., um mich nun wieder zu verlassen.
-Du tust mir weh!
-Tu bloß nicht so rührselig!
-...
-Ich verlasse dieses verdammte Dorf, verstehst du! Ich

bleibe keine Nacht länger hier, so ein Idiot bin ich nicht: du drüben, keine zwanzig Meter entfernt und ich hier? Hör auf zu flennen, verdammte Scheiße..., nicht mit mir! Verlaß deinen Mann, Kim. Wir ziehen fort von hier. Berlin, Madrid, Paris... Wo willst du leben, heh?

-Ich kann Max nicht verlassen!

-Hau ab, hau um Himmels willen ab...

-Bitte....

-Raus hier, du Heuchlerin, geh zu deinem Ehemann!

-Wieso weinst du, verdammt, ruft er ihr nach, als sie über den Rasen rennt, *du* bist nicht einsam!

* * *

-Bist du glücklich, fragt Kim Isabelle im Sonnenschein hinter dem Haus.

-Und du?

-Ich war es, bis diese Postkarten in unser Haus schneiten.

Die Gleichgültigkeit, die Kim seit kurzem vereinnahmt. Wie eine Schnecke schlüpft das verhängnisvolle Geheimnis aus seinem Gehäuse.

Isabelle wirft einzelne Grashalme in den Teich, Steine, ein Gänseblümchen. Die herbstlichen Sonnenstrahlen, schimmernde Streifen auch in Isabelles Haar, Frösche mit Kronen, Seepferdchenkutschen, als wäre die Welt an diesem Nachmittag Feengespinst.

Die Fragen, die die Postkarten betreffen, bleiben seltsamerweise aus.

-Isabelle, flüstert Kim fassungslos, weißt du davon?

Isabelle sitzt vor dem Teich in der Hocke, bleibt so.

-Weißt du davon? faucht Kim.

-Pascal, spuckt Isabelle seinen Namen aus und fängt an zu greinen.

-Pascal?

-Pascal führt den Hund nachts aus... Pascal ist erzkatholisch, du kannst dir ja nicht vorstellen, wie das ist, jeden Sonn-

tagmorgen in die Kirche, und diese Beterei bis zur Weißglut, vor dem Essen, vor dem Einschlafen und du, du bist in seinen Augen eine Sünderin, weil du deinem Mann das antust, er hat mir den Umgang mit dir untersagt und....
-Verschwinde!
-Kim, was...
-Verschwinde!

Auf die Schnelle zwei Menschen loswerden, Isabelle und Justin. Nun beschränkt Kims Leben sich wieder auf die Gesellschaft ihres Mannes. Dieser erholt sich schneller als erwartet. Seit das Nachbarhaus unbewohnt ist, hat er bereits zugenommen. Er hat wieder seinen tiefen Schlaf, die Schatten unter seinen Augen werden blasser, die Packung mit den Schlafpillen landet im Mülleimer.
Doch von dem Tag an, an dem Kim nicht mehr zum Aufstehen zu bewegen ist, versteht auch Max, daß nichts mehr so ist wie früher.
Die Harmonie, die er aus den alltäglichen Ritualen zu schöpfen pflegte, ist hin.
Wolkenscharen am Horizont schieben einander von irgendwoher nach irgendwohin, grau gebündelt, gleichgültig. Dieselbe Gleichgültigkeit in Gegenständen, Gesten und Gesichtern. Erloschene Tage in freudlosem Grau.
Max hat dieses Leben nicht mehr im Griff, so wie früher, so wie gewohnt. Was er gestern festhielt, ist heute Luft und Staub in seinen Händen.
Seit Kim nur noch im Bett liegt, trifft ihn die Einsicht, daß er doch nicht Herr seines Schicksals ist. Allen Schwüren, die er am Todestag seiner Eltern schwur, zum Trotz.
Und weil alles dem Wandel unterliegt, muß Max unter Beweis stellen, daß er sich den verändernden Verhältnissen anpassen kann.
Alles Leben unterliegt dem Paradox, daß, wenn es beim Alten bleiben soll, es nicht beim Alten bleiben darf, würde Justin den Theologen und Philosophen Franz von Baader

zitieren. Aber Max macht seine Entdeckungen nicht in Büchern.

Er weiß nur eines, daß er dieses prächtige Leben am
Schopf fassen und wie einen jungen Hund schütteln muß,
wenn es auf irgendeine vernünftige Art und Weise weitergehen soll.

DRITTER TEIL

Auf dem Wege zur Weisheit stirbt die Weisheit.

Avioth

Meine Reisetasche liegt auf dem Rücksitz, eingefallen, als sei ihr die Luft ausgegangen. Mir ist die Luft auch ausgegangen, wegen Kim.

Seit Wochen liegt sie im Bett, tagsüber und nachts, und wenn ich die Laken nicht wechsle, tut niemand es. Heute morgen habe ich das Bett frisch bezogen und den Kühlschrank mit Obst und Fertiggerichten aufgefüllt.

Kim sagt, ich solle mir keine Sorgen über ihren Zustand machen, weil das nichts an ihrem Zustand ändert. Sie redet unsinniges Zeug und wäscht ihr Haar nicht mehr.

Wie schnell ein Mensch verfällt! Ihre Gesichtsfarbe ist jetzt aschgrau wie die einer Kettenraucherin, ihr Atem sauer. Der Hausarzt sagt, sie sei depressiv, verschreibt ihr Tabletten. Die schluckt sie und schläft wieder ein. Wenn sie wach ist, schaut sie mit ausdruckslosen Augen zum Fenster hinaus. Ein Blick kann tatsächlich leer sein.

Ich habe es mit Büchern versucht, habe ihr welche besorgt, aber die rührt sie nicht an. Den Fernsehanschluß habe ich gestern abend noch ins Schlafzimmer verlegt, damit sie fernsehen kann, während ich verreist bin.

Verreisen, das klingt, als bereite dieses Unternehmen mir Vergnügen.

Doch schlechter kann die Lage nicht werden. Der Hausarzt sagt, daß Kim körperlich in Ordnung ist und ihre Genesung von ihrem Lebenswillen abhängt. Lebenswille.

-Willst du nicht mehr leben, fragte ich sie, aber sie redet jetzt nicht mehr. Hat gelächelt und meinen Handrücken gestreichelt. Ihre Hand war kalt. Seit über zwei Monaten haben wir nicht mehr miteinander geschlafen. Zum ersten Mal habe ich keine Lust mehr, sie anzufassen, denn dies ist nicht die Frau, die ich begehre.

Schwer und fremd liegt der große Körper auf dem Bett, unbeteiligt, unschön.

Ihre Schönheit fehlt mir, ich brauche sie. Seit sie ihr Haar nicht mehr regelmäßig wäscht und ihr Aussehen vernachlässigt, kommt meine Männlichkeit mir abhanden. Ich habe

keine Erektion mehr, alles in diesem Haus ist erloschen.
Ich muß weg.
Ich muß weg, um ihr zu helfen, um uns zu helfen. Ich sehe
keine andere Lösung.

* * *

Max läßt Frau, Werkstatt und Dorf hinter sich.
Häuser, Felder, Industriezonen und Wälder schieben sich
wie Gemälde in Braun- und Grautönen an ihm vorbei.
Gemälde, die mit seinen Erinnerungen verschmelzen.
Das Wageninnere eine Welt für sich, das Dröhnen des Mo-
tors sein Wiegenlied. Abgegriffene Erinnerungen wie Seiten aus einem Bilderbuch vor Maximilians Augen, in dem
er die dicken Pappseiten nach Belieben umschlägt und
spielende Sprünge von einem Jahrzehnt ins andere macht.
Und Max sieht, was ihm einst bekannt war, was er in all den
Jahren mit Zuneigung und Hingabe aufgebaut hat.
Er rast mit zweihundert Sachen über die Autobahn, und als
er *'s-Hertogenbosch 32 km* auf blauem Hintergrund leuchten
sieht, schlägt er das Bilderbuch zu. Und wird schlagartig
von einem Gefühl überrascht: Erleichterung! Denkt sie
nicht beim Namen, wird einfach von ihr überwältigt.

Max wirft flüchtige Blicke in den Rückspiegel, was er sieht
stimmt ihn heiter, denn plötzlich dämmert es ihm, daß er
immer noch gut aussieht. Und Meatloafs Stimme dröhnt im
Wageninneren *Like a bat out of hell, i'll be gone when the
morning comes.* Ein bißchen teuflisch sein, Fledermaus sein,
Kreise ziehen in der Nacht und bei Tagesanbruch verschwinden, verborgen und frei.
Wanderer sein, Lust empfinden, deshalb kurbelt Max das
Fenster hinunter und atmet die klamme Novemberluft ein,
die prompt über das Interieur herfällt.
Sein altes Ich abstreifen, es steht ihm nicht mehr. Maximilian muß sich häuten, um andere Tage zu sehen.

Kalt schießt der Wind in seine Nasenlöcher, Eisluft strömt in die Lungen.
Aufleben. Auf, auf, auf!

Es war ein leichtes, die neue Adresse des Nachbarn ausfindig zu machen. Max ruft die Hausbesitzerin in Zürich an. Diese berichtet ihm redselig, daß Herr Bourg nun in Amsterdam lebt, Straßennamen und Hausnummer liefert sie ihm im gleichen Atemzug wie Himbeeren im Sonderangebot und die Visite der luxemburgischen Außenministerin in der Schweiz.
Max stellt den Wagen in einem Parkhaus ab, von hier aus sind es noch zehn Minuten bis zur Leidseplein. Mit großen Schritten federt er zum Ausgang, als sei die Zeit knapp. Doch niemand erwartet ihn in Amsterdam.
-Ich muß ausspannen, sagte er zu Kim. Du und ausspannen, hätte sie ihn unter normalen Umständen ausgelacht, doch sie lag bloß flach unter den Laken und nickte. Ja, geh nur, ja, ja.
Beim Einatmen kleben Max vor Kälte die Nasenwände zusammen. Trotzdem glaubt er, das Meer zu riechen, bleibt ruckartig stehen, damit die Straßenbahn nicht über seine Füße rollt. Diese Luft!
Schmale Häuser ducken sich aneinander, immer schiefer, fallen am Straßenende aufeinander wie Dominosteinchen. Unter spitzen Zuckerbäckerdächern Fenster mit Menschen hinter den milchigen Scheiben. Nebel steht wie gemalt über den Grachten, hier kriecht die Feuchtigkeit in die Welt. Grabesdunkle Wassergassen, Max liebt diese Stadt im selben Augenblick, trotz des Anliegens, das ihn hierher getrieben hat.
Kommt sich vielleicht gerade deshalb vor wie Odysseus. Wittert Meer, Stadt und Menschen, ahnt den wundertätigen Gral hinter verrauchten Caféscheiben und im blonden Stadtgewimmel. Und die Brust immer noch wie ein Segel aufgebläht.

Deshalb die weit ausholenden Schritte, und der Holländer mit der roten Cordhose und dem schwarzen Wollschal vor dem Mund erwidert sein Lächeln, Max sieht es seinen Augenwinkeln an.

Vor dem ersten Gebäude, das sich als Hotel ankündigt, bleibt Max stehen. Hotel Titus, mittlere Preisklasse. Zum Telefonieren stellt er sich unter die Weide auf der gegenüberliegenden Straßenseite. Zwischen parkenden Autos mit gelben Nummernschildern zählt Max die Klingelzeichen, bis er Kims Stimme hört.
-Ich bin jetzt hier, in Amsterdam, sagt Max aufgeregt, du, es ist höllisch kalt, aber schön, schön, sag ich dir.
-Freut mich, antwortet sie und er hört ihrer Stimme an, daß es so gemeint ist.
-Geht es dir gut, Kim?
-Ja.
-Liegst du im Bett, hast du was gegessen? übergeht er ihr Schweigen.
-Obst.
Und Max lauscht Kims Atemzügen.
-Du, ich ruf dich morgen wieder an, ich liebe dich.
-Ich dich auch.

Nun steht er im Empfangszimmer und der leutselige Hotelleiter freut sich: Max hat Glück, das Zimmer mit der besten Aussicht wurde eben frei.
Vom Fenster aus sieht Max eine Trauerweide, rostbraune Hauskulissen und vorübergleitende Kähne. Die Nähe des Wassers, das Licht und die Schiffe ergreifen übergangslos Besitz von seinem großen Schlafzimmer. Max schlägt sich mit dem Handballen auf die Stirn und lacht, breitbeinig vor einem Amsterdamer Fenster stehend.
Doch Aufschub gewährt er sich keinen. Sein eigentliches Ziel verliert Max keinen Augenblick aus den Augen.

Die Reisetasche bleibt vorläufig auf dem Doppelbett liegen, Max wirft einen flüchtigen Blick in das deprimierende, fensterlose Bad mit schokoladenbraunen Kacheln und verläßt das Hotel. Auf der Leidseplein erkundigt er sich bei einer Blauhaarigen nach dem Bloemenmarkt. Die Stände mit Tulpen, Holzpantinen und Windmühlen-Miniaturen sind bloß einen Katzensprung entfernt. Max schreitet durch die raunende Menge, viele Zöpfe, Beine und Blond um ihn herum, die Stadt räkelt sich vor ihm wie ein buntes Tier.

Bourgs Wohnung in der Amstelstraße, auch bloß einen Katzensprung entfernt.

Auf einer Messingtafel reihen sich ein Dutzend Namen untereinander, Bourg ist nicht unter ihnen, doch die Hausnummer stimmt. Max drückt auf den Klingelknopf neben einem verblichenen Namensschild.

-Wen suchen Sie, eine Stimme in Maximilians Rücken, hart wie ein Pistolenlauf.

Ertappt dreht Max sich um, räuspert sich, zieht das Kinn ein.

- *Sie* sind Justin?

Antwort bleibt aus, kein Nicken, kein Augenzwinkern.

-Max, sagt Max bloß.

Schlaffarmig stehen Max und Justin sich gegenüber, vermeiden die Augen des andern und sehen sich nach der Teufel weiß was auf Schuhnasen und Türklinke um. Schließlich streckt Max die Hand aus, wundert sich über das Ausmaß der Hand seines Widersachers, schmaler als die seiner Frau, knöchern und blaß wie sein Gesicht. Als sie die Hände loslassen, wissen sie nicht weiter.

Seltsam, wie die beiden sich gegenüberstehen, stumm und starr, als hätten sie was verbrochen. Dunkel ummäntelte Kleinstadtgangster. Der eine hochgewachsen und kräftig, mit dunklem, südländischem Teint, der andere auch groß, aber schmächtig, mit schmalen Schultern, schmalen Hüften. Ernst und bleich wie ein Tuch ragt sein Gesicht aus dem Kragen.

Erschrocken registriert Max, wie verschieden Justin und er sind.

Der Ausdruck in Justins Augen erinnert Max an etwas, das er zu diesem Zeitpunkt noch nicht beim Namen nennen könnte.

-Okay, versucht Max ihrem beidseitigen Unbehagen den Garaus zu machen, und denkt bei sich, daß es kaum ein dämlicheres Wort gibt. Doch seit seine Weltordnung aus den Fugen geraten ist, schert er sich immer weniger um diese Unzulänglichkeiten.

Und Justin wiederholt auch noch das nichtsnutzige Wort, okay, bestätigt er, steckt den Schlüssel ins Schloß und bedeutet Max mit einem Anheben der Schulter, ihm zu folgen.

Drei Stühle befinden sich in dem Raum, der groß genug ist, um als Saal bezeichnet zu werden.

Vor den Fensterscheiben ein Stuhl, der einzige, der auf vier Beinen steht. Von hier aus eine direkte Aussicht auf die Magere Brücke und die träg dahinfließende Amstel. Ein zweiter Stuhl liegt auf der Rückenlehne, Stuhlbeine in die Höh', eingekeilt zwischen Kartons und Gerümpel, und der dritte in der Küchenecke auf dem Boden. Drei statisch festgelegte Einsamkeiten.

Eine stuckverzierte Decke prunkt weißgetüncht über diesem Chaos, in dem Kleidungsstücke, Bücher, Zeitschriften, überquellende Aschenbecher, Küchenutensilien und sonstige Gebrauchsgegenstände in heillosem Durcheinander auf dem Holzboden verstreut sind. Mobiliar gibt es außer den Stühlen keines, es sei denn, man bezeichnet die unbezogene Matratze, die wie Treibgut zwischen all dem Zeug herumliegt, als Bett.

Alles spielt sich auf dem Boden ab, und wegen der hohen Wände verleiht diese Anordnung dem Raum etwas Zweidimensionales. Die Decke der Himmel, das Gerümpel am Boden die Erde, flach wie eine Wüstenlandschaft.

Nur die Helligkeit und die festlichen Ausmaße retten die Wohnung vor dem Eindruck gänzlicher Verwahrlosung.

-Ja, entfährt Max ein weiteres kontextloses Wort.

Mit den Händen in den Hosentaschen steht er in Justins
Wohnung herum, schaukelt den Körper vor und zurück
und blickt zur Decke hoch, als stünde er in der Kathedrale
von Metz. Schiebt mit der Fußspitze verstohlen die Wolldecke beiseite, will keinen nassen Fußabdruck auf Justins
Schlafstätte hinterlassen.

-Setz dich, duzt Justin ihn und weist mit dem Kinn zum
Fenster, wo der Stuhl steht.

Max zieht seinen Mantel aus, sieht sich um, legt ihn dann
mit der Innenseite nach außen auf den Boden, neben den
angewiesenen Stuhl, auf einen Haartrockner in Plastik-
verpackung und Sonstiges.

-Was trinkst du? ruft Justin ihm aus einer Nische zu, in der
Flaschen auf dem Boden stehen.

-Was hast du?

-Gin, Wein, Whisky...

- Whisky.

Max breitbeinig auf dem Stuhl, mit vorgestrecktem Rücken,
die Hände baumeln zwischen seinen Knien. Mit Worten
weiß er nichts anzufangen. Er beobachtet Justin, der an
zwei Flaschen herumnestelt, das Niveau und die Etiketten
überprüft, und sich schließlich für die volle Flasche ent-
scheidet. In der Küchenecke scheppert es, Max sieht von
hier aus bloß den schmächtigen Rücken, die leicht hängen-
den Schultern, er hört Wasser aus dem Hahn rauschen und
Gläser klimpern.

Er kann sich seine Frau kaum in Justins Armen vorstellen,
die Dimensionen stimmen nicht. Beinahe ist er erleichtert.

Justin bringt einen zweiten Stuhl ans Fenster. Die Flasche
und die nicht ganz sauberen Gläser stellt er zwischen ihre
Füße auf den Boden. Er füllt die Gläser bis zum Rand, Eis-
würfel gibt es keine.

-Laß uns anstoßen, sagt Max.

-Worauf? fragt Justin bitter, die Augen ausdruckslos zum
Fenster hinausgerichtet.

Draußen schwanken Straßenbeleuchtung und Fahrzeuglichter mittlerweile im Nebel, die Stadt beginnt zu leuchten, ein Hausboot geistert unter der Brücke hindurch, an Deck einen VW und eine Wäscheleine mit Kleidungsstücken.

-Bei diesem Nebel trocknet nichts, sagt Max, und weil Justin die Augenbrauen hochzieht, weist er mit dem Glas auf die klammen Wäschestücke.

-Ach so, sagt Justin und schluckt geräuschvoll.

Max und Justin sitzen nebeneinander wie an einer Bushaltestelle, warten.

Beobachten stumm, was hinter den Fensterscheiben passiert. Mal füllt Justin, mal füllt Max die Gläser nach. Nach dem Abend kommt die Nacht, diese Schattengestalten vor den Fensterscheiben! Max überragt Justin um einen Kopf, hat eine straffere Haltung eingenommen, Justin sinkt allmählich zu seinen eigenen Füßen nieder.

Die lauten Schlucktöne fallen Max schon nicht mehr auf.

-Ich friere, äußert Justin abrupt.

-Hunger habe ich auch, sagt Max.

Justin nickt, steht bereits auf.

-Warte, mein Glas ist noch halbvoll.

-Nun? fragt Justin.

-Lad mich zum Essen ein.

-Magst du Hausboote, fragt Justin Max.

Es sind die ersten Worte, die er seit ihrer Ankunft im Restaurant äußert.

Schweigsam vertilgen sie ihr Abendessen, eine indonesische Reistafel, Vanilleeis. Der Tischnachbar im anheimelnden Restaurant hält die Männer womöglich für Brüder, denn Freunde schweigen nicht so verbissen während des Essens. Dieses Recht steht nur nahen Verwandten zu. Im Eiltempo schaufelt Justin Reis und Fleischbissen in sich hinein. Max prüft die höhlenbewohnerhafte Essensweise seines Gegenübers aus den Augenwinkeln, betroffen.

Ein Mensch, der wie Justin ißt, ist zu viel allein.

Ein Mensch, der zu viel allein ist, ißt wie Justin.

Max und Justin hocken auf zu niedrigen, asiatischen Stühlen. Unter dem Tisch kommen ihre Füße sich nicht aus dem Weg und wenn sie sich anrempeln, krümmt Justin die Lippen. Max hat sein whiskyschwangeres Gewicht auf den rechten Ellbogen verlagert, ißt linkshändig wie nie zuvor, läßt Reishügel und Fleischkugeln gekonnt im zeitig aufgesperrten Mund verschwinden. Schenkt der würzigen Speise keine allzugroße Aufmerksamkeit.

Während seines Aufenthalts in Amsterdam kaut Max kurz, schluckt schnell, hat anderes als Essen im Sinn.

Max' angestrengtes Nachdenken, trotz Trunkenheit oder gerade ihretwegen.

Wieso die Wut auf den knabenhaften Mann, der ihm gegenübersitzt, seit Stunden ausgeblieben ist. Und wieso, ist er denn nicht ganz bei Verstand, empfindet er Mitgefühl für Bourg?

Daß kein Gespräch aufkommt, hat nichts mit schlechtem Willen zu tun. Es hat mit Kim zu tun, die zwischen ihnen steht und ihre Gedanken gänzlich in Anspruch nimmt.

Deshalb wird Indonesisches heruntergeschlungen, und Worte werden fürsorglich gemieden.

Stille tut Not, Fürsorge auch, so viel Fingerspitzengefühl hat Max, trotz hornhäutigen Handflächen.

Was ihm hier gegenübersitzt, ist etwas Zerbrechliches, beinahe schon Frauliches. Diese Hände, die milchweiße Gesichtsfarbe!

Max kriegt es mit der Angst zu tun, hier darf man nicht dran rühren, ein Wort zu viel und die Nähte platzen, Eis bricht. Zu nah weiß Maximilian den schmächtigen Mann am Abgrund.

Max ist vollkommen machtlos.

* * *

Maximilian wollte sich dem Widersacher stellen, der die Nächte mit seiner Frau verbringt. Er wollte Kims Liebhaber in die Fresse hauen, ihn krummnasig und blauäugig schlagen.

Nun spaziert er mit Justin durch Amsterdam und registriert Todesnähe. Denn was sonst ist diese Einsamkeit? Und Max ist noch nie einem Menschen begegnet, dem die Einsamkeit so ins Gesicht geschrieben steht.

Mit eingezogenen Köpfen schlendern sie an den Grachten entlang.

-Verdammt kalt hier, stöhnt Max.

-Magst du Hausboote, bricht Justin also das Schweigen.

-Warum?

Justin zuckt mit den Schultern, darum, hat bereits den Steg zu einem Hausboot betreten, hinter dessen Fensterscheiben gelbes Licht flackert.

-Komm schon.

Justin klopft kurz an die Tür und verschwindet an Bord. Läßt die Tür trotz der Kälte in den Angeln stehn, denn Max ist unschlüssig auf dem Bordstein zurückgeblieben.

Stimmen dringen durch den Nebel an Maximilians Ohren, niederländisch Gutturales, eine Männerstimme, eine krächzende Frauenstimme.

Man schenkt ihm wenig Beachtung, als er den Schritt in den schaukelnden Mikrokosmos wagt. Einzig die Frau blickt kurz auf, macht eine flüchtige, schwer zu deutende Handbewegung in eine genauso schwer zu deutende Richtung, und setzt ihre Unterhaltung unangefochten fort. Kein Willkommenslächeln, keine Sitzgelegenheit.

Mit hochgezogenen Augenbrauen, die Lippen ein verbissener Strich, nimmt ihr Debattieren mit dem Mann auf der roten Couch seinen Lauf. Justin ist bereits neben ihm in der Couch versunken, einstweilen wie Max aus der Diskussion ausgeschlossen.

Der Mann preßt Justin mit stark behaartem Arm an seinen massiven Körper und raucht genüßlich, ohne Justin aus der strengen Umarmung zu entlassen. Max hat selten einen so auffallend dicken Kopf gesehen: fleischiges, klobiges Antlitz, geknetet, ramponiert und angeschlagen, alles an ihm scheint wuchtig zu sein.

Für Max ist keine Sitzgelegenheit in dieser Runde, die rote Ledercouch, vereinnahmt von dem Osterinselkopf und Justin, und auf dem Sessel gurrt die Frau in ihrer Muttersprache. Die gespreizten Finger und graziös verdrehten Handgelenke verleihen ihr etwas Gekünsteltes. Grün, nymphenhaft, sitzt sie in ihrem unerhörten Kleid, einem verschlungenen Gewebe aus Wald- und Teichfarben, mit Engelshaar so weiß und glatt wie ein dazugehöriger Schleier. Hat Brüste und Beine.

Viel zu groß, viel zu betrunken, steht Max auf dem Hausboot und spürt, wie der Boden unter seinen Füßen wankt. Mit flachem Handschlag auf die Sessellehne gebietet die Frau ihm, Platz zu nehmen.

Auf Maximilians bedenklichen Gesichtsausdruck hin gibt sie die Sitzfläche für ihn frei, setzt sich selbst auf die Lehne, schlägt dort lange Beine übereinander und gibt, angeregt auf den Osterinselkopf einredend, den Joint an Max weiter. Mitgegangen, mitgehangen!

Der Kopf streckt die Hand nach Max aus.

-My name is Victor, welcome.

-Max.

Victor fächert mit dem Zeigefinger zwischen Justin und Max.

-Friends?

Justins Antwort, die auf Niederländisch folgt, zieht sich in die Länge. Max betrachtet seine Fingernägel, und Victors Augen, zwischen Hängelidern und Tränensäcken eingebettet, sind auf Max gerichtet.

Das Kauderwelsch schwappt wie warme Suppe im blauen Licht, es riecht nach Gras, Vanille und nach Kanal. Victors Krötenaugen schauen friedvoll ergeben in den süßen Rauch. Max legt den Kopf in den Nacken und starrt an die Decke, ortet glitzernde Pünktchen, die zu kreisen beginnen. Und nun die gespreizten Finger vor seinem Gesicht, die Frau steckt ihm einen feuchten Filter zwischen die Lippen, ein Zug für Max, dann steckt sie ihm die Zunge in den Mund.

Mandarinen.

Etwas riecht nach Mandarinen.

-Orange ist meine Lieblingsfarbe, sagt Max in seiner Muttersprache zu der Frau.

Ihr Parfüm trifft seinen Schädel wie ein süßer Hammerschlag.

-Sie haben viel Bein, sagt er auch noch, als sie auf seinen Schoß rutscht und den Hintern gegen seinen Unterleib preßt. Auch in seiner Muttersprache.

Und Justin sitzt da und lacht äffisch.

Der Raum ist vollgepfropft mit rostigen Skulpturen, da sieht man menschliches Winden: Rücken, Hälse, Arme und Beine, alles in absurden Winkeln verschlungen, die dem menschlichen Knochenbau widersprechen. Max sieht Qualen, Verrenkungen, Gebrechen und Wahnsinn, doch nach zwei weiteren Joints wird auch diese Welt kugelrund, und die rostigen Körper haben Witz und geile Knochen. Jetzt erst erkennt Max sie als solche: stählerne Brüste und rostrote Erektionen, korkenzieherverdreht und genauso spitz zulaufend...

Flugs dreht die Welt sich, ach, nichts Ernstes...

Max fängt laut an zu lachen, auf den ersten Blick habe er das gar nicht wahrgenommen... Brüste und Penisse!

-Penisse, greift die Frau letzteres Wort auf und fängt ihrerseits zu lachen an.

-Very medical, sagt sie und nimmt einen Schluck Milch.

* * *

-Mein Magen, stöhnt Max, als er neben Justin auf dem utensilienübersätem Parkett aufwacht.

-Du hast zu viel Milch getrunken, grummelt Justin.

-Milch, flüstert Max entsetzt, ich trinke nie Milch!

Er schlägt die Decke zurück und knöpft seinen Mantel auf.

-Ich kann mich an nichts erinnern, seufzt er mit dem Kopf in den Händen.

-Kaffee? Justin geht neben Max in die Knie und tastet den Boden nach seiner Brille ab.

-Milch, schreit Max ungläubig, schreit auch, weil er mit Justin unter einer Decke geschlafen hat.

-Wieso kannst *du* dich an alles erinnern, fragt er Justin, als sie mit warmen Tassen in den Händen ihre Stellung am Fenster beziehen.

-Ich rauche kein Gras, sagt Justin, und Milch habe ich auch keine getrunken.

-Über was habe ich geredet? fragt Max argwöhnisch.

-Fachsimpelei, fächelt Justin seine Frage mit flattrigen Handbewegungen weg.

-Worüber fachsimpelte ich denn? hakt Max hartnäckig nach.

-Über Terroristen.

-Über Terroristen? Ich rede nie über Terroristen! Und wieso habe ich hier geschlafen?

Das scheint eine Gepflogenheit in deiner Familie zu sein, denkt Justin, dem in diesem Augenblick wieder einfällt, daß der Mann, der verhältnismäßig zufrieden neben ihm am Fenster sitzt, Kims Ehemann ist.

-Du wolltest mir den Namen deines Hotels nicht verraten!

-Aah...

-Was habe ich gesagt, ich meine über Politik und Terroristen?

-Du hast steif und fest behauptet, daß Victor einen Terroristenkopf hat.

Und Justin tischt Max grinsend die Ereignisse der letzten Nacht auf. Daß er zuerst stocksteif und stumm wie ein Denkmal dasaß, und dann aus heiterem Himmel den andern ins Wort schneite, sie kurzerhand auf Luxemburgisch übertönte und Justin aufforderte, alles zu übersetzen.

Eine so übermäßig große und häßliche Visage, die sei büh-
nenreif, und als Victor ihm gutmütig beipflichtete und
beteuerte, daß er in der Tat Schauspieler sei, habe Max das
nicht registriert und auf Teufel komm raus wiederholt, daß
Victor eine Filmvisage habe.
-Du hast ihn auch nicht Victor genannt!
-Nein?
-Kopf! Kopf hast du ihn genannt. Heh, Kopf!
Max schlägt die Hände vors Gesicht, Justin sieht die schwar-
zen Wimpern zwischen seinen gespreizten Fingern.
-Dann schleppte Sarah dich weg, fährt Justin schonungslos
fort, Milch kaufen.
-Milch kaufen!
-Du hast echt keinen blassen Schimmer!
-...?
-Du bist mit ihr verabredet!
-Verabredet, schreit Max. Und was grinst du so?
-Du hast hemmungslos mit ihr herumgemacht.

Max reicht Justin die leere Tasse, danke auch für den Kaf-
fee, und kramt in seiner Manteltasche nach dem Telefon.
-Geh jetzt, fordert Justin ihn auf. Steht bereits neben Max,
hält dessen Hand in der Manteltasche fest.
Max nickt, erkennt den Ausdruck von gestern nachmittag in
Justins Gesicht wieder.
-Geh, wiederholt Justin forsch und zieht Max am Handge-
lenk hoch.
-Sehen wir uns wieder? nimmt Max Justin den Wind aus
den Segeln.
-Du mußt zu deiner Verabredung!
-Wohin?
-Aufs Hausboot, stöhnt Justin.
-Wann denn? fragt Max kleinlaut.

* * *

Gleißender Sonnenschein heute, vom Nebel keine Spur mehr, die Häuser wieder sichtbar bis ans Ende der Straße. In der Herengracht weiß Max sich außer Sichtweite, greift nach dem Telefon. Pelz auf der Zunge, Druck auf den Schläfen, sein Kater tobt sich aus. Maximilians Zeigefinger zittern auf albern kleinen Tasten herum, zweimal vertut er sich, bevor er Kims Stimme hört.

-Max?

-Wie geht es dir, Liebling?

-Gut, und *dir*?

-Ja, sagt Max überzeugt, denn ihm geht es wirklich gut.

Kim stellt keine Fragen, auch nicht in den folgenden zwei Wochen, wenn Max telefoniert, wenn Justin telefoniert und auch nicht, wenn beide Männer in die Sprechmuschel schreien.

Duschen, rasieren, Hemd- und Hosenwechsel. Unterhose ausgewaschen, doch nicht trocken, als Max nach einem zweistündigen Schlaf das Hotelzimmer verläßt. Sliplos. So geht er sonst nie aus, auch das ist neu.

Wieder an Justins Wohnung vorbei, bestimmt ist Max auf Umwegen, aber die Grachten sehen alle gleich aus, und Justins Wohnung muß als Wegweiser herhalten. Max erkennt Sarahs Hausboot an den buntgestrichenen Fensterläden. An der Tür ein Zettelchen an einem Reißnagel: *Bin gleich zurück, Schlüssel im Tulpenstengel*

Tulpenstengel? Tulpenstengel?

Da sieht Max die grünspanüberzogene Skulptur, mannshohe Tulpen, an Deck festgeschweißt. In einem Tulpenstengel ist ein Hohlraum, dort greift Max mit zwei Fingern hinein und ergattert den verschnörkelten Schlüssel.

Kalt aber verheißungsvoll die Luft in Sarahs Hausboot, zur Amstel hin zwei offenstehende Fenster. Zwei, drei Enten auf dem braunen Wasser. Auf dem Tisch flackert Kerzenlicht in einem hohen Glasgefäß. Daneben weiße Chrisanthemen in einer bauchigen Vase.

Max setzt sich in den Sessel. Schaut frohgemut um sich, wartet.

Sarah kommt in Stöckelschuhen daher, stößt die Tür auf, keucht *Hi Maximilian,* setzt die knisternde Einkaufstüte auf dem Boden ab, greift mit beiden Händen nach Maximilians Kopf und drückt ihn gegen ihren Schoß. Schwing, der Sessel dreht sich, ach, und Max erinnert sich an Drehungen und sonstig Verwirrendes vom gestrigen Abend.

Sarah breitet die Arme aus und läßt die wollene Stola über Schultern und Rücken zu Boden gleiten. Zur Schau gestellt wird ein Kleid, das den Körper altrömisch umschlingt. Das Gewand, das Max von kopflosen Statuen her kennt, wird fix von Sarah aufgewickelt.

-Fick mich, sagt der blonde Nackedei.

Derweil verkriecht Justin sich unter seiner karierten Wolldecke.

-Sehen wir uns wieder?

Wieso ist der Kerl so verdammt nett? So ein Arsch.

Unterm Schottenkaro rollt Justin sich zusammen, ihn umgibt nur Unsinn.

Kim, sehnt er sich, nach ihrem breiten Gesicht, nach ihrer Stimme.

Alles andere kennt er, alles andere bedeutet ihm nichts mehr.

Sehnsucht ist eine Krankheit, ein Defizit an Lebenskraft, ein Verglühen.

Am Abend sitzt er vor dem Computerbildschirm und tischt seiner Leserschaft Ratschläge auf, appetitliche Artikelchen, die den Hunger aufs Leben schüren. Erinnert sich an seinen Traum, hält in seiner Arbeit inne.

Fuhr mit einer Rolltreppe in eine dämonische Unterwelt hinab, in der Vampire ihm auflauerten. Skinheads, ein häßliches Großmütterchen, ein Bankangestellter, alle mit spitzen Beißzähnen. Warteten ungerührt auf seine Blutspende,

Entrinnen ausgeschlossen. Als ein Vampir zwei rasierklingenscharfe Zähne in seine Halsschlagader schlug, glaubte er im Traum, den Schmerz zu spüren.
Das weckte ihn auf.

Zigaretten, schwarzer Kaffee, Alkohol.
Negativismus, Ängste, Selbstzerstörung.

Was man innehat und trotzdem ablehnt: dieses selbsttrügerisch Weggeheuchelte bahnt sich wider Willen einen Ausweg.
Unterdrücktes verursacht Gürtelrose, Gallensteine und Hautausschlag. Träume und Herzversagen. Die Rose gegürtelt, die Galle gesteinigt, die Haut geschlagen, das ist das Hexeneinmaleins.

Max kann nicht.
Sarah nimmt es auf die leichte Schulter, kennt sich mit der männlichen Psyche aus. Deshalb kann Max beim zweiten Versuch.
-Ich bin verheiratet, sagt er danach, woraufhin sie ihn laut auslacht.
-Das ist kein außergewöhnliches Hindernis, sagt sie, hält die Champagnerflasche zwischen ihre Oberschenkel und drückt den Korken mit den Daumen aus dem Flaschenhals. Nimmt einen Schluck, kniet zwischen Maximilians Schenkeln und läßt die eisige Flüssigkeit über sein Brusthaar fließen.
Max versteht das nicht, und das sagt er ihr auch.
-Was denn, schlägt sie die großgrünen Augen zu ihm hoch, was verstehst du nicht?
-Was ist mit Liebe?
Wieder lacht sie ihn aus.
-Heirat, Liebe..., und betrügt prompt seine Frau!
-Ich betrüge meine Frau nicht!
-Ach! Sarah stützt sich an Maximilians Schenkeln hoch und schaut ihm in die Augen.

-Wie lange schon?

-Was?

-Wie lange du verheiratet bist.

-Zwanzig Jahre, nickt Max und setzt die Champagnerflasche an.

-Guck nicht so toternst, sagt Sarah und zieht sein Ohrläpp-
chen straff. Das erste Mal?

-Du meinst...

-Ja, ficken! Eine andere Frau ficken, meine ich!

-Ja, das erste Mal.

-Wurde aber auch Zeit, man lebt doch nicht auf dem Mond!

-Ich lebe auf dem Land.

-Das ist das gleiche.

-Ich mag mein Leben.

-Wo ist sie jetzt?

-Zu Hause, und es ist nicht so, wie du denkst.

-Woher kennst du Justin eigentlich? fragt Sarah.

Max hält sein Nasenbein zwischen Daumen und Zeigefinger fest, schweigt.

-Justins Mutter, fährt sie fort, denn Max stellt sich plötzlich
stumm, war eng mit meiner Mutter befreundet. Daher ver-
brachten wir als Kinder stets die Sommerferien zusammen.
Jedenfalls bis zu Normas Tod... Justins Mutter starb viel zu
jung. Nach ihrem Tod verloren wir uns aus den Augen.

-Wie alt war Justin?

-Neunzehn, zwanzig vielleicht.

-Sein Vater?

-Unsere Mütter hatten keine Männer, lacht sie mit spöttisch
verzogenen Lippen. Ich habe Justin erst nach seiner Rückkehr aus Portugal wiedergesehen.

-Portugal?

-Ja, nach seiner Rückkehr aus Portugal tauchte er hier auf,
stumm und mager. Ich habe ihn gefüttert und Victor hat
nächtelang auf ihn eingeredet. Victor hat ihm über die
schwerste Zeit hinweggeholfen.

-Worüber hat er ihm hinweggeholfen?
-Sag mal, weißt du denn gar nichts über Justin?
-Nein.
-Seine Frau und sein Sohn kamen vor vier Jahren bei einem
Busunglück ums Leben.
-...
-Max!

Einsamkeiten.
Justin unterm Schottenkaro.
Kim sitzt in der Badewanne und bläst Löcher in den
Schaum.
Max sitzt nackt und breitbeinig auf dem Hausboot und hört
sich auf die ihm eigene, aufmerksame Weise Sarahs Lebens-
geschichte an. Sie ist stockbetrunken und läßt eine Litanei
vom Stapel, die sie auswendig zu kennen scheint. Während
ihres Monologs, den sie nur unterbricht, wenn sie einen
Schluck Champagner nimmt, sieht sie Max kein einziges
Mal an:
-Ich bin die Trösterin der Betrübten. Ich lerne nur Männer
kennen, die am Rande eines Abgrunds stehen, mitten in
einer Krise. Ich höre Schritte auf dem Steg und schon weiß
ich, daß jemand Hilfe braucht. Wenn sie nicht wissen,
wohin sie sollen, dann kommen sie zu mir. Mein Hausboot
steht ihnen zur Verfügung. Ich auch. Das Gebumse spornt
sie zu Vertraulichkeiten an, sie schütten mir ihr Herz aus
und sind dankbar, weil ich ihnen zuhöre. Sieh dir die
Skulpturen an, das sind wir! Sie schöpfen Kraft zum
Weitergehen, haben die Socken bereits wieder an. Ich bin
eine Zwischenstation. Immer nur eine Zwischenstation. Sie
sind mir ja so dankbar, dann gehen sie. Und wenn der
Alltag sich ihrer wieder bemächtigt, bin ich vergessen. Hin
und wieder macht der Vollmond sie geil, vielleicht fühlen
sie sich einsam, dann rufen sie mich an. Ich bin keine Hure,
ich mache es umsonst. Ich bin keine Hure, ich bin die Zu-
rückgelassene, die Einsame. Ich weiß jetzt schon, daß du

gehst. Niemand bleibt. Dabei bin ich nicht mal dumm, bin nicht häßlich, und meistens guter Laune. Meistens. Ich bin die ewige Junggesellin, kannst du dir vorstellen, daß niemals ein Mann um meine Hand angehalten hat? Etwas stimmt nicht mit meinem Schicksal. Es passiert etwas, das ich nicht verstehe. Mein Psychologe sagt, daß ich Schutz gewähre, aber keinen Schutz zulasse. Lasse ich es nicht zu, daß jemand mich in Schutz nimmt? Benehme ich mich nicht fraulich genug? Ich kenne Frauen, die sehen wie Männer aus, mit kurzgeschorenem Haar und dicken Waden, die wurden geheiratet. So etwas passiert mir nie. Die Kunst ist mir Mann und Kind. Bin ich ein armes Schwein? Nein, meistens bin ich gut gelaunt, das hab ich ja schon gesagt, und mehr als das, manchmal platze ich geradezu vor Lebensfreude. Zu viel hier drinnen, sagt sie und legt sich die Hand an die Brust. Doch die Kehrseite! Die Kehrseite..., verstehst du, Maximilian?

Ja, nickt Max, ja, er versteht, er hängt ja geradezu an ihren Lippen, ja, er hört gut zu und versteht alles, was sie sagt.

-Die Kunst rettet mich, weil sie bleibt! Alles andere rieselt zwischen meinen Fingern hindurch. Männer auf der Durchreise, die Sanduhr läuft. Diese Vergänglichkeit, wer sind wir denn? Und du? Was rettet dich? Was rettet dich, lallt sie streitlustig.

Meine Frau, schweigt Max, dessen Welt aus den Fugen ist, jetzt, wo es draußen nach Schnee riecht.

Nie wird er dieses Hausboot und diesen vulgären Engel vergessen, der sich nun bückt und mit tränenüberströmtem Gesicht sein Glied in den Mund nimmt.

Trauriges Tierchen, du!

* * *

-Rettung? Ihr habt von Rettung geredet, lacht Justin schadenfroh.

Er öffnete Max in der Unterhose.

Sein Knabenkörper!

Das Tatoo auf dem linken Oberarm wie eine vernünftige Auflehnung.

Auf Anweisung seines mageren Handgelenks hin setzt Max sich wieder auf den Stuhl vor dem Fenster.

Und sitzen beisammen und schauen auf die Amstel hinunter.

Sarahs Worte spuken in Max' Gedanken herum, er denkt auch über seine Frau nach und über Justin, der mit spitzen Knien neben ihm sitzt.

-Kein Nebel heute!

-Nein, keiner.

-Glaubst du, daß man seinem Schicksal entgehen kann?

Und dann weiß Max, woran ihn Justins müder Blick, der ihn an diesem Nachmittag zum ersten Mal überraschte, erinnert: an die Ergebenheit in sein Schicksal.

Ich bin ein heilloser Idiot, denkt Max sich.

Doch wieso ist er so fröhlich?

Liebe steht an, leckt an Fensterscheiben, krabbelt über Fassaden, wirbelt in der Luft, treibt sich herrenlos herum, omnipräsent, omnipotent, lauert dir hinter der Straßenecke auf, und jagt dir einen Schrecken ein!

Am nächsten Morgen holt Max Sarah ab. Nein, er will nicht aufs Hausboot, ob sie Lust auf einen Spaziergang hat? Die Sonne scheint, guck dir bloß mal den Himmel an!

Den blauen Himmel? Na ja, den sieht sie auch, wenn sie zu den Fensterchen hinausguckt. Aber draußen ist es saukalt, murrt sie. So redet Kim nie.

Gestern abend saß Max stundenlang mit Justin am Fenster. Sie aßen Birnen und waren die ganze Zeit über wortkarg.

-Wein oder Whisky?

-Wein.

Und später: Whisky?

-Ja.

Sie reden in Stichworten, ohne Höflichkeitsfloskeln. Max nimmt an, daß Justin ihr Schweigen auch akzeptabel findet. Sonst würde er ihn zum Gehen auffordern. Das tut er nämlich ohne Umschweife, wenn ihm danach zumute ist.
-Geh jetzt, sagt er dann, nicht freundlich, aber auch nicht unfreundlich.
Und dann geht Max.

Etwas Unerwartetes hat sich ereignet, und Max macht keinen Hehl daraus: er mag Justin.
Es rührt ihn, wenn Justin ergeben vor ihm steht, mit mutlos herabhängenden Armen. Vollkommen hoffnungslos.
Und weil Justin nun auf genau diese Weise zwischen Tür und Angel steht, kann Max sich nicht beherrschen.
-Ruf sie an!
-Ruf Kim an, wiederholt er, weil Justin wie ein Ölgötze vor ihm steht und ihn anstarrt, von allen guten Geistern verlassen.

* * *

-Max?
-...
-Max??
-Ich bin's, sagt Justin mit dünner Stimme.
-Justin...
-Weine nicht, bitte, wenn du weinst, leg ich auf.

Von plötzlich ausbrechender Begeisterung gedrängt, hängt Max sich bei Sarah ein und schleppt sie an den dampfenden Grachten entlang. Mit großen Schritten geht es voran, Max saugt lärmend die Luft ein. Sarah hat einen Schal um Mund und Nacken gewickelt, wie ein leuchtender Pilz stupst die Nase aus der Wolle. Senffarbene Sprenkel im Grün ihrer Augen, hier im Sonnenschein. Max findet, daß er Sarah etwas Aufmerksamkeit schuldet, weil er mit ihr geschlafen hat. Schwamm drüber, aus die Maus, das kann Max nicht, Skrupellosigkeit war nie seine Stärke.

Seine Stärke, darüber hat er gestern, als er neben Justin saß, nachgedacht, seine Stärke ist sein Leben mit Kim, das gemeinsame Leben auf dem Lande, sein Job. Und er ist in Amsterdam, um diese Festung zu verteidigen.

Schwadroniert nun über Freundschaft und Liebe, Sarah mit ihrer angefrorenen Nase im Schlepptau.

Worte flattern wie Vögel aus seinem Mund, segeln in der kalten Luft himmelaufwärts.

Abstrakter Gesprächsstoff, und wenn es zu abstrus wird, drückt er Sarah onkelhaft die Hand.

Auf Teufel komm raus strömen die Worte und verschönern Sarahs Tag.

Ihr Lächeln kaschiert sie hinter dem Wollschal. Das sind die Pralinen, Blumen und Perlen, die die Männer ihr schenken, die bis zum Hals in einer Ehe stecken, aber mit ihr, Sarah, entdeckungswandern.

Sie kennt das Lied, jeder singt es auf seine Weise. Es ist ein Teil der Wiederauferstehung. Kurz danach erfolgt der Abschied, meist tränenlos, denn neue Erkenntnisse sind nichts Trauriges. Daß ihm in den letzten Tagen vieles klargeworden sei, und daß das eine Heiterkeit in ihm auslöse, die ihn wie eine Welle im Sausetempo trage. Daß er sich so frei fühle wie seit Jahren nicht mehr und ihm zumute sei, als könne er fliegen. Hier schnappt Max tatsächlich nach Luft, überwältigt vom Bild der Welle oder vom Fliegen. Lange, atemlos geäußerte Sätze, er spüre so viel Liebe in sich, ja es ginge so weit, daß dieses Gefühl sich auf alles übertrage. Auch auf die Schwäne dort unter dem Brückenbogen.

-Enten!

-Ja, Enten, sein Leben, und ihr Wollschal, tolle Farbe sowas! Und sie liebe er auch, keucht er, vollends in Fahrt geraten, Liebe ist überall, wie Luft!

-Wie Luft, lacht er und läßt den freien Arm über Häuser, Enten und Straßen schweifen.

Die hervorragenste Qualität der Liebe sei ihre Unermeß-
lichkeit, fachsimpelt Max.
-Sehr spitzfindig, sagt Sarah nüchtern.
Trotz der Eigenschaften, die die Männer ihren Ehefrauen
ankreiden, bleibt die bessere Hälfte Sarah fremd. Aber
Sarah lernt einen Zug an den Männern kennen, der ihren
angetrauten Frauen verborgen bleibt. Denn beim Umkrem-
peln ihrer Lebensweise enthüllen sie den Grundzug ihres
Charakters. Der Mann an ihrer Seite redet von Liebe. Sarah
beneidet ihn.

-Wie schläfst du? fragt Kim ihren Mann am Telefon.
Max steht auf einer kleinen Brücke, Hände in den Mantel-
taschen, Telefon zwischen Schulter und Kragen geklemmt.
Unrasiert. Von hier aus sieht er Sarah mit hochgezogenen
Schultern im Sonnenschein sitzen. Vor ihr eine dampfende
Kaffeetasse.
-Mit einem Schuß Rum, lächelte sie der Bedienung zu.
Max sagt, daß er ihr rollendes r mag, du blonder Pirat,
witzelt er und ahnt, daß sein Humor ihr zu ungeschliffen
ist. Doch sie verzeiht ihm gütig lächelnd, ihr Blick bereits
anderswo. Ruht nun auf dem Mann mit gelbem Zopf, der
ihr den Kaffee vorsetzt, auf sie einschwatzt und nicht mehr
von ihrem Tisch weicht. Schon bearbeitet ein Kunde, um
Aufmerksamkeit heischend, die Tischplatte mit den Finger-
knöcheln.
-Wie ich schlafe? Mmh... gut, sagt er leichthin, aber ich
schlafe nicht viel, kommt er ihr mit der Wahrheit.
-Justin rief gestern an.
-Ich weiß, Liebes.
-Ich liebe dich.
-Ich weiß. Und ich brauche deine Liebe, sagt Max offen-
herzig.
Saukalt ist es hier! Und das Wasser voller Enten.
-Max, schimpft Kim lachend.
-So redet man hier.

118

Kim fragt sich, wer so redet. Max ist kein Mensch, der von Sauwetter und Enten redet.

Als Max sich wieder zu Sarah gesellt, lacht Bert, so stellt Sarah ihn vor, verlegen auf.
Sarah blinzelt. Ihr gebleichtes Haar gleißt im Sonnenschein, sie führt den Kaffee mit Rum an die Lippen und läßt ihre Augen, diese grünen Sterne, von einem zum andern wandern. Sie weidet sich an Berts Verlegenheit, denn Bert hat nicht mit Max gerechnet. Max ist diese Promiskuitäten nicht gewohnt, er lächelt dem jungen Mann wohlwollend zu und richtet die Augen verlegen auf den Kanal.
Sarah redet putzmunter auf die brandneue Eroberung ein, und prompt gewinnt Bert an Fassung. Max scheint kein ernstzunehmender Widersacher zu sein.
Es wundert Max nicht, daß Sarah als Zwischenstation herhält, bei ihr fühlt man sich nur kurzweilig einzigartig. Denn der blonde Engel braucht neuen Ansporn, will aufs neue bewundert werden. Jedem Anfang wohnt ein Zauber inne, so stand es auf dem Küchenkalender zu Hause.
Max wünscht keinem, sich ernsthaft in diese Frau zu verlieben. Schwungvoll kritzelt Sarah dem Mann ihre Adresse auf den Bierdeckel, die Anfangsbuchstaben weit ausladend, hingezaubert.
Bert schnappt sich den Deckel, und wenn er nun daran rieche und mit dem Schwanz wedelte, würde das Max nicht im geringsten wundern.
Mit solchen Frauen kennt er sich nicht aus. Er schlägt die Beine übereinander, weil er zu frieren beginnt, verschränkt die Arme vor der Brust und denkt an gar nichts.
-Bist du eingeschnappt?
-Sollte ich?
-Ja!
-Du liebst die Männer nicht.
-Liebe! Liebe! Du redest von Liebe, als sei sie was zum Anfassen, wie ein Stück Käse, wie Blumen.

119

-Käse?

-Das Leben ist doch bloß ein Spiel, sagt Sarah trotzig, wenigstens bestimme ich die Regeln!

Max schweigt, und auf diese Weise kommt er Sarahs unerträglicher Leichtfertigkeit aus der Quere.

Und sitzt, in Gedanken mit seiner Lebensgefährtin verbunden.

Im Rijksmuseum, weiß-roter Zuckerbäckerbau. Ein Automuseum wäre Max lieber, doch er ging wohlwollend auf Justins Vorschlag ein. Bei der Besichtigung der ostasiatischen Kunstwerke tränen ihm die Augen, weil er das Gähnen unterdrückt. Justin bleibt lange vor Schalen und Skulpturen stehen, Max zuckt mit den Schultern.

-Alles geklaut, murmelt er unbeeindruckt und bahnt sich seinen Weg durch die Kunstgegenstände. Von den Gemälden aus dem siebzehnten Jahrhundert ist er dann doch beeindruckt. Da werden Hühner gerupft von Mägden mit weißen Hauben, in dunklen Räumen finden Saufgelage statt, Männer mit Knollennasen und weit aufgerissenen Mündern grabschen nach Brüsten und Hinterteilen lächelnder Frauen, Bier schwappt über, nackte, runde Schultern werden getätschelt.

-Unglaublich, dreht Max sich nach Justin um, die Gesichtsausdrücke, und sieh dir mal die Finger an, das sieht so lebensecht aus, beinahe schon unheimlich. Glaubst du wirklich, daß Picasso ein guter Maler war? Ich meine, dies hier, guck mal, diese Menschen sehen echter aus als echte! Ach, ich bin ein Handwerker, mault er, weil Justin schmunzelt, von Kunst verstehe ich nichts.

-Das ist unwichtig, sagt Justin, du hast andere Vorzüge.

-Ach ja, stöhnt Max.

Als sie später vor einem kühlen Glas Bier im Joker sitzen, fragt Max, von welchen Vorzügen Justin im Reichsmuseum sprach.

-Wie? fragt Justin mit ernstem Gesicht.

-Du sagtest, ich hätte andere Vorzüge...

-Ach so.

-Ich meine, an welche Vorzüge dachtest du?

-Bodenständigkeit.

-Bodenständigkeit, ruft Max.

-Entwurzelung, fügt Justin hinzu, meint sich selbst.

-Ach wirklich? Das tut mir leid, murmelt Max in sein Bierglas. Mit dieser Antwort hat Justin nicht gerechnet, Maximilians Denkweise überrascht ihn überhaupt desöfteren.

-Das braucht dir nicht leid zu tun.

-Doch, insistiert Max lautstark, und Justin mustert ihn prüfend von der Seite.

-Entwurzelung wäre für mich das schlimmste aller Lebensgefühle, sagt Max und fürchtet, einen Bock geschossen zu haben, denn Justins gekrümmte Lippen sprechen Bände. Würde was tun, um diese Bitterkeit mit einem Schlag wegzuwischen.

-Ach, sagt Justin zum Trost, mach dir keine Sorgen um mich. Lacht und leert sein Glas in einem Zug.

Sie reden sich nicht beim Vornamen an, trotz der Freundschaft, die in widrigen Verhältnissen zu gedeihen beginnt.

-Du bist ein einsamer Mensch, murmelt Max, vorsichtig das Terrain abtastend.

-Jeder ist auf seine Weise einsam.

-Ach hör doch auf!

-Du verträgst diese letzte Wahrheit nicht!

-Ohne Kim wäre ich auch einsam, sagt Max, behutsam ins Fettnäpfchen tretend.

-Du vermißt sie, fährt er bannbrechend fort, will die Ursache ihrer Zusammenkunft endlich beim Namen nennt.

-Saumäßig, bricht es aus Justin hervor, saumäßig, und rollt die selbstgedrehte Zigarette, dünn wie ein Mikadostäbchen, zwischen Daumen und Zeigefinger platt. Tabak bröselt auf die Theke.

-Ich weiß, sagt Max unverdrossen, ich vermisse sie auch.
-Noch mal dasselbe, sagt Justin zu der Frau hinter dem Tresen, jetzt wird sich kugelrund gesoffen!
-Und außerdem, wendet er sich an Max, außerdem sagst du mir jetzt, weshalb du hier bist!
-Um dich zurückzuholen.

-Komm zurück, befiehlt sie ihm.
-Ich kann nicht, braust Justin am Telefon auf.
-Wieso nicht, schreit Kim in die Sprechmuschel.
-Wegen Max!

-Er will nicht, sagt Max zu Kim.
Max liegt im Hotel auf dem Bett, seine Unterhose hängt gipsern am Fensterknauf.
-Das sagt er nur so, erwidert Kim.
Und mitten in der Nacht schellt ihr Telefon schon wieder, Justin und Max reden abwechselnd auf sie ein, fangen über der beherzten Begrüßung ein Gespräch untereinander an, Kim hört das Knacken in der Leitung, als einer von beiden den Hörer auflegt.

* * *

Kim steht wieder jeden Morgen auf, bringt Bob Kaffee und belegte Brötchen in die Werkstatt und plaudert mit den Kunden. Und wenn sie danach in der Küche herumsteht, kann sie stundenlang Wolken und Himmel betrachten. Es regnet ununterbrochen, und das schon seit Tagen.
Seit Pascal ausgezogen ist, sitzt Isabelle wieder zwei-, drei- mal wöchentlich am Küchentisch.
Die häufigen Telefonanrufe versetzen die Frauen in eine aufgeweckte Stimmung.
-Männer, seufzt Isabelle fröhlich und tunkt den Butterkeks in ihre Tasse.
-Alle Männer haben eine Macke.

-Alle Frauen auch, wendet Kim ein.

-Du hast überhaupt kein Mitspracherecht! Du hast den Allerbesten, sowas hat keine Macken.

-Mackenloser Max.

-Oder hast du zwei Allerbeste? stichelt Isabelle.

Der Tag und das Haus haben Kim zurück, der farblose Himmel ist bloß ein farbloser Himmel und kein Sinnbild der Trostlosigkeit. Man braucht sie. Kim kann sich keinen besseren Grund vorstellen, morgens aufzustehen. Wenn die beiden erst wieder hier sind, wird sie sie zum Lachen bringen, denn das Leben hat auch seine heiteren Zeiten.

-Pascal hat mir was hinterlassen, sagt die alte Isabelle, Kekskrümel auf der Unterlippe. Kim zieht die Augenbrauen hoch, wischt die Krümel mit dem Zeigefinger weg.

-Was denn?

-Die Bibel in der Nachttischschublade, prustet Isabelle und bekleckert die Tischplatte.

Kim setzt sich zu ihr an den Tisch und schüttelt hin und wieder den Kopf, als höre sie Isabelles Geplapper zu. Sie schaut ihre Freundin an, gedankenlos schweigend. So nimmt das Leben wieder seinen absurden Verlauf.

Und wieder klingelt das Telefon.

In Kim ist Karneval, in ihrem Herzen nistet ein Schelm. Oder ist es dieser pausenlose Regen, der ihre Gedanken wegspült und sie wohltuend leert. Tabula rasa, aber im nächsten Augenblick Erinnerungen an die Kindheit: Sonnenschein, der sie weckte, weil er wie eine Flut in ihr Zimmer hereinbrach und draußen die Vögel, die aufgedreht zwitscherten. Jeder Tag war neu und das war Glück.

-Sie reden gar nicht mit mir, sagt Kim und hält Isabelle den Hörer ans Ohr.

-Die sind schwul, prophezeit Isabelle mit erhobenem Zeigefinger.

* * *

Das Nebeneinandergesitze. Jetzt in Maximilians Volvo. Über die Autobahn rasen, vorbei an Lkw's, die Obst, Schafe, Maschinenteile, Heizöl und Pflanzen aus aller Herren Länder in aller Herren Länder transportieren. In Portugal bleiben die Sachen an ihrem Platz, das sei einer der Gründe, weshalb er das Land so mochte, schwafelt Justin. Max mault, daß er keinen blassen Schimmer hat, worüber Justin redet. Und die Rückreise komme ihm viel langsamer vor als die Hinreise. Überhaupt verlaufe seine Zeit anders als zuvor.

-Man verliert die meiste Zeit damit, daß man Zeit gewinnen will, zitiert Justin John Steinbeck und rät Max im gleichen Atemzug, bloß nicht einzuschlafen, bevor sie am Ziel angelangt sind.

-Zusammenprall wegen Übermüdung des Chauffeurs, sagt er in einen imaginären Lautsprecher.

-Womit willst du denn zusammenprallen?

-Vielleicht ist das in unserem Fall die Lösung!

-Du redest Unsinn, sagt Max verärgert.

-Max, stöhnt Justin, wie stellst du dir die Welt bloß vor!

-Justin, sagt Max in belehrendem Ton, laß das Leben passieren. Der Unterschied liegt im... im Unterschied!

-Das ist mir klar, du kannst dir gar nicht vorstellen, wie klar mir das ist.

-Es klingt gut.

-Es klingt gar nicht! Wo nimmst du diese Leichtigkeit her, stöhnt Justin erneut und blickt zu dem Fahrer auf der Nebenspur hinüber, der seinen Blick erwidert und weiter in der Nase bohrt.

-Max?

-Mmh?

-Wo nimmst du die Leichtigkeit her?

-Welche Leichtigkeit?

-Glaubst du im Ernst, daß wir anpaßungsfähig sind? Ich meine, verdammt, ich lebe wieder neben euch!

-Wir schaffen das schon irgendwie... Und mit Leichtigkeit

hat das überhaupt nichts zu tun, wähle ein anderes Wort, sagt er zu Justin, dem der verletzte Tonfall nicht entgangen ist.

-Zuversicht, hadert Justin.

-Ach, Worte sagen mir eh nicht so viel wie dir, ich bin kein Mann der Worte. Daß ich dich mit zurück ins Dorf nehme..., na, weißt du, wenn man an Grenzen stößt, kann man sich den Kopf daran einschlagen oder man versucht, sie zu umgehen. Damit es weitergeht. Ich sehe bloß diese zwei Möglichkeiten und ich habe keine Lust darauf, mir den Kopf einzuschlagen. Wenn man zwanzig Jahre verheiratet ist, das ist eine lange Zeit..., und es soll sich doch alles zum Guten wenden!

-Es soll sich alles zum Guten wenden, murmelt Justin, die Worte wie einen gestrandeten Grönlandwal inspizierend.

Solche Aussagen sind Neuland für Justin.

-Paß auf, schreit Justin aufgebracht, weil ein Ungetüm von Lastwagen ruckartig vor ihnen in die Fahrspur schwenkt, bloß um nun wie eine lahme Schnecke vor ihnen herzukriechen.

-Für die Zusammenprall-Lösung hängst du mir aber sehr am Leben, spöttelt Max. Hast du dich eigentlich noch nie gefragt, wieso sich nicht mehr Menschen umbringen?

-Sollten sie?

-Hoffnung.

-Hoffnung?

-Die Hoffnung ist eines der wichtigsten Gefühle überhaupt. Die Hoffnung, bohrt Max, ist...

-... eines der wichtigsten Gefühle überhaupt, sagt Justin, den dieser Pathos ganz verlegen stimmt.

-Mensch, Kindskopf, du!

-In meinen Augen bist du sowieso ein hoffnungslos Hoffender. Welches Gefühl ist dir wichtig?

-Gleichmut, schießt das Wort prompt wie eine Rakete zwischen den schmalen Lippen hervor.

-Du belügst dich doch nur selbst, sagt Max in quengeligem

Ton. Wenn er diesen Ton anschlägt, fängt er gleich eine neue Rede an, so gut kennt Justin ihn bereits.

-Ich roch deine Einsamkeit, es ist die gleiche wie meine!
-Die gleiche?
-Ja, es ist die gleiche. Ich roch sie, als wir uns in Amsterdam zum ersten Mal gegenüberstanden. Die hing an dir wie ein zu großer Mantel.

Nimm mein Angebot an, hat Max gesagt.
Nehmen.
Kontaktaufnahme, heißt weitermachen. Von heute auf morgen soll er also wieder mitmischen, in diesem Potpourri aus Gesten, Gefühlen und Stimmungen. Justin will sich verkriechen. Zu viel Menschliches um ihn herum, zu viel des Lebens, er sehnt sich nach der Wüste zurück.
-Ich muß mal.
Autobahnraststätte.
-Ich warte hier auf dich, sagt Max mit hochgezogenen Augenbrauen. Argwöhnisch.

Autobahnraststätten. Unter so vielen Menschen fällt das Verschwinden leicht. Justin sucht das Gebäude nach einem Winkel ab, in dem er untertauchen kann. Max wird verstehn, daß er nicht nach ihm suchen soll.
In der hintersten Ecke des Restaurants setzt er sich in eine Nische. Es riecht nach Pommes und kalter Sauce, wie soll man in diesem Gestank eine Entscheidung treffen. Die Menschen, ganz kauende Kiefer, sehen häßlich und gewöhnlich aus.
Nimm mein Angebot an. Max! Er will Max nicht verletzen, er versteht ihn bloß nicht.
Er selbst hätte die Aufmerksamkeit seiner Frau mit niemandem geteilt. Aber was weiß er denn schon! Was weiß er über den Mann dort? Sitzt wie eine Wachsfigur am Fenster und schaut nach draußen, ohne sein Essen anzurühren.

126

Und überall um ihn herum Familien: Mütter, Söhne, Väter und Töchter. Essen, scherzen und lärmen, als sei mit dem Leben so selbstverständlich umzugehen wie mit der billigen Pfeffermühle auf der Tischplatte.

Weniger kann man nicht mehr wissen. Cogito ergo sum. Denken als Existenzbeweis. Doch genau diese Denkerei entfremdet ihn von Pfeffermühlen und Menschen. Je mehr Justin nachdenkt, desto unwirklicher werden sie.

Max: Laß das Leben passieren.

Justin lächelt.

Sitzt in seiner Leere wie in einem ausgetrockneten Brunnen, das Tageslicht dort oben immer weiter entfernt. Und in dieser Leere trotzdem vereinte Kräfte, die an ihm rütteln, die ihn auf Biegen und Brechen aus dem Brunnenschacht zerren. Unerschütterlich.

Justin sitzt schon zu lange hier herum. Die Tische wurden mittlerweile von Mädchen mit Pferdeschwänzen und roten Schürzen abgewischt, andere Gesichter tauchten auf, kauten und weg waren sie. Bloß der Mann am Fenster sitzt noch da.

Max ist bestimmt längst über alle Berge.

Kim hält die Blätter des Kopfsalates unter fließendes Wasser, das Trocknen auf dem ausgebreiteten Küchentuch braucht seine Zeit. Die Fadenschwänze der Radieschen knickt sie mit dem Daumennagel ab, die weißroten Knollen schneidet sie in durchscheinende Scheiben.

Später. Später liegt sie im Wohnzimmer auf der Couch, den Weg bis zum Lichtschalter schafft sie nicht.

Das Fenster. Und am Ende der Wiese, am Ende der Welt das Nachbarhaus. Kein Nebel heute nacht. Nein, keiner.

Wenn Kim sich aufstützt, leuchtet das weißgetünchte Nachbarhaus herrisch bis ins Wohnzimmer hinein, bis an ihre Nasenspitze.

Als das Scheinwerferlicht von Maximilians Volvo das schwarze Straßenbild zerklüftet, ist es längst nach Mitternacht.

Linda Graf wurde 1967 in Düdelingen geboren. Ihre erste Veröffentlichung „Besoffen von der Einfachheit" erschien im Herbst 2000 im Verlag Op der Lay, Esch/Sauer.